与自己和好如初

不朽 著

中国出版集团 现代出版社

图字：01-2018-2463
图书在版编目（CIP）数据
与自己和好如初 / 不朽著. -- 北京：现代出版社，2019.4
ISBN 978-7-5143-7624-1

Ⅰ. ①与… Ⅱ. ①不… Ⅲ. ①散文集－中国－当代
Ⅳ. ①I267

中国版本图书馆CIP数据核字（2019）第034246号

与自己和好如初

作　　者	不　朽
责任编辑	毕椿岚
出版发行	现代出版社
通信地址	北京市安定门外安华里504号
邮政编码	100011
电　　话	010-64267325　64245264（传真）
网　　址	www.1980xd.com
电子邮箱	xiandai@vip.sina.com
印　　刷	北京瑞禾彩色印刷有限公司
开　　本	880mm × 1240mm　1/32
印　　张	8
字　　数	164千字
版　　次	2019年4月第1版　2019年4月第1次印刷
书　　号	ISBN 978-7-5143-7624-1
定　　价	45.00元

目录

以后记得
把温柔留给自己。

这个世界里，温柔有千百万种样子，
但你要记得，留一种温柔给自己。

「自爱也是种伟大的爱。」

1

我们荒唐了半生，其实都是为了寻找爱。

2

许多时候，还是忍不住回想起第一次爱人的时候。

记得那年的春天，歌唱比赛的前一天我才知道光盘不能播放。于是班上的同学向我推荐了他，他们说歌唱比赛里面有一大半的人都是找他钢琴伴奏的。可是我从来没听过他的名字。那天下课之后，我硬着头皮去找他，他什么话都没有说，只是点了点头，说“好”。

第二天，我把乐谱给了他。他说：“等一会儿比赛的时候见啦！”

我不知道他怎么那么有自信。我们两个还没有一起排练过，就这么直接上台比赛了。那天是我第一次上台唱歌。我紧张得不得了，他却一副悠然自得的表情，完整地把歌曲演奏了出来。

下台之后，我终于控制不了自己，悄悄地哭了起来。他走过来，轻轻地搂了一下我的肩膀，又上台准备帮别人伴奏了。

那是我对他的第一印象，自信、阳光、温柔。

我想之后不论跟谁说起我的初恋的时候，我都会这么形容他：他真的是一个非常温柔的人。那是我第一次有了一种冲动，想要得到一个人，想要对他很好很好，想要走在他的身边，想要得到他所有的温柔。

我甚至不太确定那一种从心底涌溢出来的悸动是什么，它不再属于我能掌控的范围，心口突然间澎湃地跳动，偶尔会被一些情绪堵住，一些轻柔又沉重的情感压在心上，总使我动弹不得。

好像连称之为“爱”都变得有些奢侈，因为压根儿心底没有爱的定义，不知道什么是爱，却非常爱着。

这就是当时的感觉吧——

我的世界里只有一颗流星的重量，但想把整片天空都给他。

3

十五岁的夏天，阳光与他，初恋和爱。

于是，毫无预警地，我们相爱了。

他喜欢音乐，作为一个钢琴和小提琴的水平都是演奏级的人，他每天都会弹琴。而我会坐在一旁静静地听他弹的乐曲，纵使我从来不懂得古典音乐，不懂得巴赫、莫扎特，不懂得什么几号几号的钢琴曲，可是因为他喜欢，我会和他一起听。

他喜欢踢足球，虽然我从来不喜欢，但是仍然坚持每个礼拜去陪他练球。

他喜欢吃鱼，所以每次吃饭都会吃鱼，即使我并不吃海鲜。

他喜欢晚睡，所以很长的一段时间里，我会陪他直到星星都睡着，直到听到他说一声晚安。

他喜欢历史，所以历史课的成绩他总是拿很高的分数，于是我为了追着他的脚步，我也很努力地拿了很高的分数。

他喜欢模型，所以在他生日的时候，我会用存了很久的钱，给他买一套很贵的模型，陪他在家拼一整天，纵使我不会拼。

还有更多更多他喜欢的事情，我都能一一记住。

那个时候我总是以为，爱一个人就是迁就，爱一个人就是忍耐，爱一个人就是无条件地给予。

我从不爱古典音乐、不爱足球、不爱吃鱼、不爱晚睡、不爱历史、不爱模型，可是他从不知道。我以为，爱是这样。

4

那种感觉，像是身处一个巨大的迷宫里，不知道要往哪一个方向走。好像往哪里走都不对，往前走会丢失了你，往回走会丢失了自己。

原来太爱一个人的时候，是会忘记怎么爱自己的。

5

从来不会告诉他，我非常讨厌他和别的女生走在一起，于是我告诉自己，他只是朋友多而已。

从来不会告诉他，我讨厌等待，于是在溽暑的天气下，等了他三个小时，只为了他一句“一起回家吧”的话。

从来不会告诉他我的期盼、我的失望、我的伤心、我的付出，于是在所有孤独的夜晚里，我把心事都好好收藏。

从来不会告诉他这些，因为在那细碎而漫长的日子里面，没有人告诉过我什么是爱，怎么去爱，或是为什么去爱。

6

关于曾经的自己，很多的部分其实再也想不起来了。

想不起来是遗落在岁月里的哪一个房间里面，也再没有什么力气去寻找它们，只是剩下那些破碎的自己，而碎得太彻底了，没有必要也不太可能把它们逐一拾回，逐一拼凑。

7

就在我失去了他之后，才看见生命里面原来不只有他的存在。

现在我看到更多的是自己的样子，而我在很爱很爱他的时候，从来没有这么好好地看过自己，从来没有如此心疼自己，从来没有对自己说过一声谢谢，也从来没有好好地爱过自己。

于是在没有他的时间里，我把对他的爱花在自己的身上。

不再委屈。

不再忍耐。

不再忍气吞声。

不再强颜欢笑。

不再为了谁而将就。

不再丢下自己。

再也不再。

8

我们荒唐了半生，其实都是为了寻找爱。

是的，爱有很多种，爱人或是被爱，浅浅的爱或是深深的爱，以及自爱。

随着时间的推移，我终于不再急着去爱谁了。我有了要去珍惜的人，有了要努力做的事，我要好好地爱自己了。

在下一个他到来之前，在融化所有张狂的回忆之前，我要好好地善待自己了。

9

我相信终究会有这样的一天。

如果做不到意气风发；

如果做不到至真的美善；

如果做不到强韧的温柔；

如果做不到以真诚的心相信世界，如同蒲公英眷恋茫茫大地，如同热烈拥抱大海的鱼；

那么至少要在别人眼中做个干净、明亮而洁白的自己。

少糟蹋自己，不一定要让自己以最美好的姿态出现在他的面前，但至少纯粹就好。

学习着喜欢那样努力的自己，准备去爱或是被爱，或在爱情中忍受寂寞或伤害，直到拥有足够强大的心灵去原谅和疗愈，可以抵受着世界的压迫也能走很久很久。

然后……

然后……

有一天……

总有一天，他会穿越光、穿越黑暗、穿越人潮与海，找到那个精致而姣好的你。

10

嘿，你好好地感谢过自己吗？

感谢自己陪自己走了那么远的一段路，感谢自己承受住了那么多的痛苦，感谢自己努力了那么久。

亲爱的，谢谢你，以及，辛苦你了。

「你要努力，
以后你想要的，
要自己给自己。」

「你做自己的模样
已经足够闪亮。」

你是你自己的样子，一直都是。

你知道吗？从前我并不觉得自己是一个悲伤的人，我甚至觉得自己强大到可以用笑容去面对这个巨大而沉重的世界，真的是如此。于是每当感到脆弱、不安、失落、难过的时候，我都选择用伪装的笑容来面对事情。日子久了，我以为自己也就会变成那个大家喜欢的优秀又乐观的孩子。那个时候我都觉得，这是一件比任何事情都重要的事——

当个美好的人，当个全世界都喜欢的人。

于是在很多的时候，当这样的渴望被自己在显微镜下越放越大，大到让自己变得渺小，甚至可以覆盖原本的自己，这时世界就开始被扭曲了。心里面总会有声音说，要做得好。做好了以后，那个声音会继续说，要做得更好。后来的我，即使做得再好都不会觉得快乐了，因为还有“更好”在远方等着自己，不断地唾弃、不断地讨厌着这个只是“好”而已的自己。

悲伤对于我来说是多余的。于是我把它们封存在一个盒子里面，放在心里最不起眼的储存室里。那里没有人会经过，甚至连自己都不会走过那个废置的地方。放着就好，并不是一定有清理的必要，因为自己知道，每走进去一次就几乎会要自己的命，所以也没办法去整理好，不如就这样放任着不去碰。一直这样想着，久而久之，会让自己误以为那些伤痛已经不在了，虽然心知肚明那只是一个错觉。

直到我开始失眠，开始歇斯底里，开始把自己锁起来，直到那些伤痛终于按捺不住，开始一并爆发，像是决堤的洪水围困着我在无数个夜里辗转反侧，在没有人的地方嘶吼，逼得我不得不去正视的时候，我开始把那些排山倒海的悲伤摊开来，不断硬生生地剖析自己，用力揉开那些发黑的瘀青血块，用尽全力地自我分解，我花了好大的勇气走进那个废置的房间里面，然后一一地把它们整理干净。

那个时候，他来到我的世界，温柔地对我说："你做自己的模样已经足够闪亮。"

我花了好长的一段时间梳理那些悲伤，然后沿着那条蜿蜒曲折的路把自己找回来，拾获自己。我终于不再需要去讨好什么人，终于不再需要去装出那个别人眼中喜欢的模样，终于不再需要委屈自己和为难自己了。

原来我一直都是自己的模样，而这个原本的模样就已经足够闪亮。

做自己的太阳，就不需要谁把你照亮。

「无论有没有改变，
我们都是自己的样子。」

1

你说:“你变了好多啊,亲爱的。”

2

回忆其实就像一些不存在的房间,我们把当时温暖潮湿的感受和片段存进里面,那里有飘忽起落的天气,有层层斑驳的想念,有分崩离析的过往。

那里是一个魂魄不灭的平行时空。

那里有所有曾经出现在我们生命中的人们。他们的脸,慢慢堆垒在这些不同的房间里面。于是你走过的每一个地方,或多或少都会有一部分成为过往的回忆。

那里记录着每一个不同阶段的你。

那里全部都是你,只属于你。

但是你再也无法把那些回忆安置在现实里面。

因为你存在于现实,而回忆只存在于过去。

3

第一次涨红着脸,上气不接下气,我也根本不知道自己在干什么。

电话那头传来他低沉的声音，他问："找我有事？"

那是凌晨五点多的清晨，天色微微亮。

我和他说："我喜欢你。"

甚至连我自己也不太清楚这四个字是什么意思，可我还是说了，我喜欢你。

4

她发信息和我说："我在某大学走着走着的时候看见了一个熟悉的身影，即使他仍未回头我就知道是他——一身黑色的打扮，一双篮球鞋，高昂的头，戴着耳机，听着音乐，轻快地走着。一看到他我便想起了你，想起了那些美好的年华，想起以前奋不顾身爱他、那个敢爱又敢恨的你。"

没怎么修改过，这一段来自我学生岁月里最好的闺密。

那时我坐在自习室外面的地板上，望着没有星星也没有月亮的天空，想起了好多的过往。散落了一地的回忆碎片，我逐一拾获，却还被自己的过往割伤了手。我误以为这些年，我已经成长成强大的模样。然而原来回忆已进驻心房，所以当它闪亮起来，心理所当然会跟着摆动，跟着刺痛。

5

那种感觉大概就像你明知道那里是危险的，明知道这么做是错的，也明知道做什么都是徒劳无功的，可你还是做了，而且还毫不犹豫地做了。

当时我对他说“我喜欢你”，就是这样的感觉。

那里是深海，我甚至不知道那海有多深，唯一知道的是我不会游泳，而我渴望的东西在海的中央，于是我义无反顾地跳下去。

那时候是十五岁的夏天，我溺水了，在他的海里面遇溺，从此不顾一切，晕眩于隐隐回声的海水中，不复重生。

6

后来我和他分开了。在断垣崩颓的日子里，我仿佛成了漏在时间的缝隙里的沙子，在爱里太过于渺小。我抓不住他，也抓不住自己，甚至到最后也无法说出我失去的是他，还是我自己。

结论就是我葬身于那片大海。

副作用是往后无论遇见谁，都不会再有相同的勇气，不会再飞蛾扑火，也不会再义无反顾。我终于知道，海是会淹没生命的，也知道了愚蠢如我是难以在那汪洋幽深的大海里生存，我过于软弱，无法在寒冷又湍急的潮水里呼吸。我曾经傲慢地以为我可以穿越熙攘的人群去到那个人的身边，也以为只要有勇气就可以去到我想要去的地方、抓住我想要的人，可是总有些东西是我们无论如何也无能为力的。

终于我听见了好多人的告白，他们说着一样的话，用着相同的眼神，他们说着爱情就像是当初我说着“我喜欢你”那样，只是我不再相信了，宁愿再也不要踏进那片海里。

表妹曾经见过我最颓废、最不成人形的样子——我把自己关在一个腐蚀残蛀的地牢里，任由藤蔓在我身上丛生；我荒废了我的人生，宁愿暗无声息地做个没有灵魂的骷髅；我和人们说，谁都不要管我了，让我那样子就好，拜托，让我流放自己到荒凉的世界尽头。

她说：“你别再受委屈了。”

我说：“好。”

你会发现，岁月磨光的不只是棱角，还有那些奋不顾身的勇气。

7

你知不知道，当你见过绝地的荒芜，你就不再相信繁花的灿烂了。

8

你说："你变了好多啊，亲爱的。"

我说："是的。"

没有一丝挣扎或辩驳，好似一泓深潭里连风都拉扯不出涟漪。

我说："是的，我变了。"

9

有时候，我听到好多的话，说："你变了，变得不像以前的你了。"

每当那个时候我都会想好久好久，也会很难过。到底真的是自己改变了呢，还是成长了呢？为什么人们总是带着失望的语气来诉说着关于"改变"的那些事，仿佛我们都那么害怕改变，变成自己讨厌的模样，变得不像从前的自己，或是变成不是大家眼中期望的样子？是这样吗？

我不停地反复思索着。曾经我认为改变是一件非常可怕的事情，特别是想到当初的你还有自己换了个模样，熟悉的感觉被渐渐磨灭的那种无力感，就像是望着从前的良辰美景，而我们都觉得再也回不去了，那些最好的风景只能在记忆里寻回，所以那时我如此害怕改变。

我想，我只要站在原地就好了，这样你们永远都会看见我最初的模样。

那时我亲爱的她从美国寄来明信片，上面写着："亲爱的，每每看着你写的文章，我都惊叹，你怎么可以变了那么多，变成一个我不曾熟悉的你。"即使惊叹这个词并非贬义，我仍能从文字的温度里感觉到她的失落。

我们从来都是那么缅怀那个过去的自己。对吧？

然而会不会是这样子呢，我暗自思忖：

也许什么都会悄悄地改变吧。其实我们说着对方在变的时候，自己又何尝不是在改变着呢？而我们自己比谁都深深地明白，我们都已经不再是最初的样子了。

是的，我们可能真的跟从前的自己不一样了，某一部分也许还留在过去，但有一部分开始走进了未来，渐渐地与过去的自己面带微笑地挥手告别。可能我们走着走着会遗失某些东西，但大多数的时候我们也得到了很多，或好或坏的收获，满含眼泪和笑容的懂得，不舍与舍得之间的衡量，对相遇和失去的释怀。

我们在经历这些的时候，怎么可能不有所改变呢？怎么可能依旧像最初的自己那样无动于衷呢？怎么可能仍然无知如初呢？我们遇见那些心动和心碎的瞬间，并在往后的日子里带着这些悸动的过往勇敢地向前走。

10

是的。我变了。

我不再相信爱情，不再相信相濡以沫的诺言，不再相信一期一会的相遇，不再相信有什么是永不磨灭，我不再奋不顾身像个不懂世故的孩子，我不再强说着忧愁了，我不再相信飘忽不定的感觉，不再流着眼泪卑微地求他不要走，不再放纵地深爱一个人，不再执着地等待走了的人会回头看看自己，不再放任自己沉溺在虚渺的感情里面。我不再是五年前那个说着告白的话还会脸红的女孩儿，不再是一年前强迫自己放下的傻瓜，也不再是半年前将就着去爱的女人了。

你说我是不是变了许多。

我终于要停下脚步去审视过去每个阶段的自己，我终于不再需要一直看着别人的目光，我终于可以用过去的伤与痛去告诫自己，我终于不再为难也不再勉强自己，我终于不再把那个人看作自己的全世界。

我终于要与自己和好如初了。

11

无论你去到哪里，无论你变成怎样，你都要记住你最初的样子。

12

我们也许不是改变了，如果换一种说法，我们也许只是成长了，变成了更勇敢的模样，这样的话“改变”这两个字是不是听起来没那么沉重了呢？

我们不断地寻找突破的出口，难道就不是为了遇见一个更好的自己吗？

如果我们依旧停伫在那个最初的位置，我们是否将永远一成不变？我们是否将无法遇见一个更好的自己？你说呢？

我好想说，不要害怕改变。即使有一天你回头望去，发现你变成一个更与众不同的自己，也千万不要害怕；即使有一天你觉得你变得更差了，也不可以气馁。你要知道，其实我们终其一生都在寻找一个最适合的姿态活着，而这一切的努力都只是为了遇见一个更好的自己。

可是有一点千万不可以忘记：你可以变成任何样子，你可以燃烧自己只要你愿意，你可以做任何事情只要你不后悔，你可以享受着属于自己的成长和经历。但是无论你去到哪里，你都要记住你最初的样子。

记住最初自己走上这条路的模样，记住最初为什么要出走，记住自己为什么做这些选择，记住最初的感动和初衷，记住自己青涩的样子，记住自己的愚蠢和无知，也要记住自己的悲伤和疼痛。这样所有事情都会变得有迹可循。当有一天我们回头望去，就会感叹道："啊，原来我也曾经是那个模样啊！"我们会缅怀，也会感激当初最真实又最透明的自己。

好吗，好吗？

13

后来我才明白，无论有没有改变，原来我一直都是自己的样子，而唯有从不厌弃自己的模样，才可以变成更美好的自己。我们其实都该理直气壮地做自己。

但愿在往后的日子里，每当你回忆起过去的岁月，每当有人跟你说你变了，你都能坦然骄傲地对别人还有自己说："我没变。"

或者说："是的，我变得更加美好了。"

「亲爱的，相信自己，
是你给自己最好的礼物。」

你总是自卑，总是不以为然，总是很悲伤。看见那些繁花散尽的场景后，你说你再也不相信世界上有深情的人。你总是问自己，做每一个决定的时候是否做错了。每当有人质疑你的时候，你就开始责怪自己。你不相信自己是对的，不相信自己能一直走下去，不相信自己有勇气去面对那些难关。在那个时候，你想说，不如算了吧，有时候也并非一定要证明自己是对的。后来遇上喜欢的人，你都摇摇头。你说你不相信自己终究会被爱，你说你不相信幸福会来，你说其实上帝不会眷顾每个人。你总是这么想着，那些骨子里的自卑让你错过生命里的所有风景。

你不知道，相信自己其实正是幸福的第一步，是你能给自己最好的礼物。

每天早上对自己说一句“你可以的”。

每天晚上对自己说“辛苦了，你已经做得很好了”。

辛苦了，晚安。

「世界可能不会尽如你意，
但是亲爱的你可以。」

「善良是尽管对这个世界失望，
却一如既往地温柔。」

我们总是会问，自己到底做错了什么，怎么总是备受伤害，总是被人遗忘，总是付出比较多的那一个，总是挂念，总是受许多委屈，总是有苦难诉，总是退让，总是做主动的人。有时候我们心里面会不断地埋怨自己为什么总是要忍受这些原本不需要承受的委屈，会怨恨自己的软弱，会讨厌这个不争气又懦小的自己，对吗？

曾经把这些善良看成自己的懦弱，狠狠地告诫自己必须把心硬起来，想要让这些愚蠢笨拙的善良崩解在自己筑起的硬朗里，决心当个犀利的人，避开所有的不幸，又或是躲开不必要的麻烦，随波逐流当个普通人就好，何必看重那些世事。一定有这样警告过自己的啊。

可是后来我想了想，遇见过好多的人，爱过烂人也做过坏人，就会发现始终善良看待世界的人有一种独特的温柔。他们并非不愠不怒，而是愿意付出自己，愿意原谅那些伤害自己的人，愿意接受世界的不完美，愿意从自己开始把温柔延伸出去。

有些人会说这是傻。其实不是啊！傻是无意识的行为，所以总是退缩，也总是忍受。但是善良不是蠢也不是傻，而是一种信仰，是一种选择，是一种生活的态度，是明知道自己会受伤却还愿意始终温柔地对待这个世界，是尽管对这个世界失望也愿意一如既往地温柔。

善良是因为我们知道世界缺少了这一种温柔。

「你要相信，
温柔的人总会遇到温柔的事。」

我们豢养着什么样的柔情，就会滋长出什么样的神情。

你要相信，世界其实是这个样子的，在许多的断壁残垣里面也会惊见良辰美景，在众多浅水浮花里也会瞥见苍茫肃杀。

你可以执意去看悲伤崩裂，也可以回头欣赏花季盛开。

黄昏的时候，你是眷恋夕阳的离去，还是盼望着星辰的降临?

其实，你愿意自己成为什么样的人，你就会看见什么样的世界。

你要相信，温柔的人有着温柔的磁场，有着温柔的魔法，总会遇到温柔的事情。

如果遇不到温柔的人，那我们就去做温柔的人。

如果遇不到温柔的事情，那就去创造温柔的事情。

如果看不见温柔的世界，那就更要温柔地看待世界。

「你就是你，
是最独特的自己。」

1

有好一阵子，我非常地讨厌自己。

不管是笑着的自己还是哭着的自己，不管是优秀的自己还是颓废的自己，也不管是坚强的自己还是脆弱的自己。那一段虚无的日子里面，我不清楚，自己是从什么时候、什么地方、因为什么原因开始这样暗无声息地讨厌着自己。

仿佛身体里面开始无由来地滋长出一些细小的水泡，它们蔓生在心脏最底层、最潮湿的角落，然后一发不可收地扩散开来。那些身体的养分同时豢养着我和另一个更深沉、更深处的自己。

而我，不容置疑地讨厌“她”、厌恶“她”、排斥“她”这般像是与我双生的人。

2

从什么时候开始的呢？

从什么时候开始这样歇斯底里地对待这个和我共生在同一个身体里的生命？

大概就是在她逐渐地变得优秀起来，逐渐地得到许多人的喜欢，逐渐地开始取代那个比较脆弱、比较自卑、比较负面的我的时候吧。

因为由衷地不喜欢这样的自己吧。不喜欢自己悲伤、不喜欢自己流泪、不喜欢自己脆弱、不喜欢自己颓废、不喜欢自己自卑、不喜欢自己敏感又不安。

3

于是她开始张狂了起来。

在我难过的时候，“她”代替我面向人群，摆出很从容、很快乐的笑容；在我很累的时候，“她”代替我站起来，继续走在路上；在我想要逃离世界的时候，“她”代替我面对生活，面对整个世界的失望和那些锐利的刺；在我颓废的时候，“她”代替我努力地工作，不曾埋怨。

每当那个时候，当我在“她”的保护下低微地呼吸着、尽力地想要隐藏起那个糜烂的自己的时候，我都在想，得到称赞的应该是“她”，而不是我，不是这个孱弱又颓唐的自己。

只是人们不知道“她”的存在。

4

我的身体里面长了一颗气球。它在缓缓地膨胀着，占据在细胞里，不知道什么时候会炸裂，不知道什么时候会爆发。

一天一天地，它持续滋生着不安和厌恶。

5

说起来，好像很荒谬。

许多时候，我必须得逃到这个“她”的庇护之下，才得以喘息。尽管，我是这样地厌恶着“她”。

换个方式来说吧，“她”大概就是我们所谓的伪装。

只是这个伪装有时候比你想象中的还要坚固，还要真实。

因为曾经由衷地从心底厌恶自己，所以只能这样伪装下去了。

“她”就是这样的存在。因为我生怕自己溃烂的实体暴露在人们的眼光之下，所以只能够这样伪装下去，尽管全部都不是真的，尽管这些伪装越来越真实，真实到有时候连我自己也开始搞不懂是“她”在伪装成我，还是我在伪装成“她”。

这些游离的日子过下来，那些矛盾拥堵在身体的各个角落，然后涨发了起来，它们不安分地叫嚣着，在皮下徒劳地沸腾滚烫着。

而我，没办法去面对。一边是美好得太虚假的我，一边是丑陋得太真实的我。

6

我想，都是因为人们太过于追求一些美好的事物了，所以我们才会渐渐地离自己越来越远了。

7

于是，在我得知自己患上抑郁症之后，一切都破裂了。

一切都粉碎了，无论是美好的还是虚假的或是丑陋不堪的我。

那个精致的面具终于出现了裂痕，她不再能够完整地掩饰原本的我了。

毕竟，“她”始终不是真的啊。

于是，浑黑的影子终于暴露在阳光底下——一个悲伤、脆弱且自卑的女孩。

原来这才是真正的我啊！并不是那个处处乐观，事事能干，温柔善良的人，而是一个会因为细小的事情而感到悲伤，会因为对世界失望而想要躲藏，会因为自己不足而责怪自己的女孩。

我想起了辅导老师说的一句话：“也许你本来就是个悲伤的人。为了看起来不悲伤，于是你用尽了各种的方法去假装快乐。”

我想老师说的话没错。因为我是个悲伤的人，所以向往自己快乐的模样，但是渐渐地，心里的缝隙越来越大的时候，才发现那个被自己藏在很深处的人，从来没有得到来自自己的任何体谅。

8

于是我追着一个影子不断地跑、不断地跑。

我忘了那些都是捕风，都是捉影。

9

我想现在我可以慢慢地面对了——当个悲伤的人没关系啊！

就像这个世界上有高的人，也有矮的人，有男人，也有女人，有乐观的人，也有悲观的人，有快乐的人，也有悲伤的人。所以不要再为成为一个悲伤的人而感到抱歉。

那些都是你。好的坏的，都是与生俱来的你。

你就是你，是最独特的自己。

以后，
我要成为我渴望遇见的那种人。

“你想要成为怎么样的人？”

“你想要遇见什么人，那你就去成为那样的人。”

我想要遇见这样的一个你——

不需要十分华丽的外表，不用是人潮中最闪闪发亮的那颗星星，不需要过于美好和皎洁的个性，不用是所有人都羡慕的那样精致又细腻，不用强大到能够抵抗所有来自世界的痛楚，不用为难、不用委屈、不用勉强自己站在高处供别人抬头仰望，不用做众人心中崇拜的完美模样。因为那样的一个你，一定太过孤独，也太过于遥不可及。我深深渴望遇见的你不需要是那个模样。

我希望你是一个平凡的人。

在岁月里安静沉寂，跌倒过，也温柔地爬起来。

念旧的个性成就了一个深情的人。

偶尔放任自己沉浸于回忆之中，懂得过去的美好，所以更加珍惜未来的每一段时光。

执着而不慌不忙地走向自己想去的地方，踩着的每一步都坚定不移，也能带着敦厚的笑容和过去挥手说再见。

无论好与坏也从不贪婪，感谢自己拥有这些层层斑驳的繁花绿叶。

不自怨自艾地责怪世界，反而感激伤痛给予自己和悲伤和平共处的机会。

敢爱也敢恨，勇敢地去感受生命中每一个跌宕的律动。

张狂地去飞，用温柔的姿态拥抱世界，拥抱自己，也拥抱那个对的人。

我想要遇见这样的一个人，也想要成为这样的人，想要成为那个谁都渴望遇见的人，想要变成那个模样和你相遇。

因为我想要的你那么美好，才会让我有了这样的盼望，也因为有了这样的盼望，于是我也想要给你一个美好的自己。

在更迭的美好时光中，我愿成为那个我渴望遇见的你，然后不慌不忙地跟随着缘分，轮回一整个天荒与地老。

好吗，好吗？

「尽情温柔地活着，
如同蜉蝣。」

蜉蝣，是一种朝生暮死的昆虫，只拥有很短很短的生命周期。极度微小又短暂的生命，却在飞跃的过程中诞生、相遇、恋爱、错过、繁殖、消逝、死亡，在那短暂的时间里，灿烂地飞舞着，温柔且与世无争。

我想要成为这样的生物。人的一生其实并没有那么长久，没有那么多的时间去自怨自艾。我只管用自己觉得漂亮的姿态生存，堕落或闪耀都与他人无关，因为生命极度短暂所以才要更加灿烂，更加灿烂才可以无悔。

温柔地、温柔地像一只蜉蝣或是一簇繁花，微风动叶，自开自落。

嘿，我要去流浪了，我要去逃亡了，我要去没有人认识我的地方，我要忘却所有的人、事、物，我想要热烈地拥抱未知的世界。

你们知道吗？有时候人要有说走就走的勇气，离开那些无可逆转的错误，华丽地转身，然后向前走。

走吧，我们去颠沛流离。

「我始终相信，
会有一些人的存在，
让你稍微对这个世界
有所期待。」

「人生就是连续不断地
相遇和错过的总和。」

1

很多时候我都觉得，我们都只是被承载在蜿蜒的巨型火车上的渺小的人类。

2

一年过去了。

好像仅仅是四个季节，十二个月份，三百六十五个日子。这样不断数算这些慢悠悠的时间，脑海中又浮现出当初自己无所畏惧的脸孔。我拉着三十公斤的行李，说了声拜拜之后就走进了离港大堂。三个半小时之后，我拖着沉重的行李箱走出仁川国际机场的大门。零下十几度的气温里是用光我全身的温度也不足以抵挡的刺骨寒风。我穿着一件单衣和一件外套，吐出白皑皑的气烟，孤零零地伫立在那里，一个我完全不熟悉的国度。

过去的经历在往后的日子里充分地发挥了它本身纯粹的作用——作为记忆，作为经验，作为一种证明自己生猛过活着的痕迹，这样存在着。

今天，或是后来，回想起来，它便是我来过这个世界的唯一的印记。

3

什么会不朽？

纵使每天反复看着自己打出这个名字也还是无法回答。不朽是什么，永不磨灭的是什么，无法失去的是什么？

就算如此，我还是不断地提醒自己——

在每一个须臾的瞬间留下一些不朽的东西。

4

那是我人生中第一次看见雪。

二〇一五年的三月初，凌晨三点，韩国首尔市黑石区中央大学宿舍十二楼。

窗外是一大片灰蒙蒙的天空，苍劲的群山，光秃秃的大树枯瘦地排满整座山头。俯瞰下去，迷漫又岑寂的山峦，从那遥远又黑沉的天际一泻而来，白花花的细点，一点、两点……像是从幽远未知的宇宙洒落下来，人们称之为雪。

那个时候总是想起《诗经·小雅·采薇》："昔我往矣，杨柳依依。今我来思，雨雪霏霏。"沿用网上的译文："回想当初出征时，杨柳飘飘随风吹；如今回来路途中，大雪纷纷满天飞。"

说不定我那个时候看见的每一粒雪，曾经来自我熟悉的大海，来自那朵绵密的云，来自我眼睛掉落过的盐分，来自那些凝结后蒸发的雨水，反复，循环，轮回，周而复始。

有时候事情或许就是这样，所谓的沧海桑田，好像什么都没变，一回过头来原来什么都变了。

五岁的时候问着世界我是谁。

七岁第一次种下梦想的种子。

十岁依然觉得世界上欢笑会比悲伤多很多。

十二岁写下第一篇得奖的文章。

十三岁第一次爱上一个人。

十五岁明白了承诺的有效期只限制于当下。

十六岁尝过失去时撕裂的痛。

十八岁告别熟悉的一切，独自往世界的巨河奋不顾身地流浪。

二十岁我仍然问着自己是谁。

周而复始。

往返相承。

5

提问时间：

当初说过会一直陪你的人还在身边吗？

6

这些年和多少人说过“你好”，数不清了。

在韩国生活的第一天，二月二十六号，仁川。拖着笨重的行李的笨重的自己，等到了同校的学姐。那天晚上宿舍还没开放，我们必须找一个地方住下来，最后在仁川附近一个杳无人烟的地方入住，那个地方附近也没什么餐馆，于是我们的晚餐要走二十分钟的路到闹市区才可以解决。

“你是外国人吗？”

“对啊，我们是来韩国交换学生的中国台湾大学生，我是中国香港人。”

“哇，你真的很勇敢。”

用着还算纯熟的韩语，我回答民宿的主人。

当时气温已到了零下，我活了那么久第一次明白原来冷的感觉好痛，忘了是什么痛，可以很刺很痛很真实。

如果说来到台湾是为了追逐自己对中文的执着，是第一次彻底的出走，那么在这趟彻底的出走里，我又踏上了另一趟旅途。我离家出走，远走高飞到一个未知的国度，用着一些未知的语言，实现着一些从前无法预知的相遇。谁来，谁不来，谁在路上，谁持续在这条不断往前延伸的轨道上蠕蠕而行？

不是那种计划好的旅行，而是真真切切的流浪，没有任何防备，没有任何后路，仅仅是望着地平线上的那个太阳，不断地往前跑、往前跑，跑进无穷无尽的宇宙里。

7

你很勇敢。

你真的很勇敢。

8

下雪的那天晚上我发了高烧。

没有室友的关心，没有家人的照顾，没有谁的叮咛，我独自一人倒头大睡。浑身上下仿佛有熊熊燃烧的烈火。不用去管世界的声音，不用去管白天和黑夜的限制，我仿佛置身在一个孤岛上，最大的声音来自自己，最好的伙伴是自己，最大的安慰是自己，最大的赏赐通通都是自己。

自己的路，自己的海，自己的日子，自己的时间，自己的陪伴，自己的爱与恨。

那天晚上凌晨三点，外面是皑皑的白雪，天地之间满是潮湿的雾气。

有谁，没有谁。

9

活着就是不断地相遇和错过。

那段日子里，我每天都遇见不同的人，有男的也有女的。我们遇见，我们交错，我们告别，我们错过。

我闭上眼睛的时候，时空常常会交错，我会回到第一次见到他的时候。在那个时刻，我们好好地在年华里相遇了，对彼此轻轻地说了声“你好”。像千百万次和陌生的脸孔遇见一般，和你展开似曾相识的故事，又经历着感同身受的别离。

曾经在《离岸》的第九章里面写道：

> 其实每个人的生命都像一条直线，而他和她就像是横和竖的线，往不同的方向徐徐地放射出去。这两条线会在某一点交汇在一起，重叠的时候会让她误以为他会一直和她并肩在同一条轨道上行进着，可是啊，她忘了他们两个要去的地方终究不一样。
>
> “喂，会不会有一天我们的生命不再连在一起？”
>
> 大概那个时候，我会安静地看着你离开我的世界，像水蒸气迫不及待地消失在空气中。
>
> 毫无痕迹得让我惶恐。

这是我漂泊在韩国的某一天写的。写下这些文字的时候，我哭了好久。

我想问是不是相遇就代表着离别的开始，也像是故事一旦展开，就需要一个结局来完成它。

10

很多时候都觉得我们只是被承载在蜿蜒的巨型火车上的渺小人类。

人的一生像是这列火车的旅程一样，黑压压的人群充塞着整辆列车。我坐在靠窗的位置，可以清楚地看着一些上车和下车的人的脸孔。

在恒久不灭的时间里，有些人会带着期许登上不同的车厢，遇见来自不同国度的人们，仅以彼此的存在来维持生命的弧度。这列一刻不停的火车迂回前进，经过熙攘的世界、极致的宁静或是纷乱的喧嚣。在某些高山或是盆地会有人上车，同样也会有人下车，概莫能外。

每次的开始和结束。

每次的拥有和失去。

每次的你好和再见。

每次的相遇和错过。

你，我。

11

许个愿吧。

我会好好地和你相遇，拥有平凡的“你好”。我们一点点地交换着生命的信息——名字、性格、记忆。我们会在最美好的时光里亲吻彼此，拥有着对方的一切，然后在迫不得已要告别的时候，我会好好地送你走，或是好好地跟你说再见。我会笑着，像是当初和你说“你好”那样说“再见”，虽然很多时候我们都深深地明白，“再见”里面包含着的意思其实就是我们说不出口的“再也不见”。

12

“你好。”

“再见。”

「温柔相待，
才不辜负相遇在茫茫人海。」

出现在你的生命里的每一个人都有他存在的意义。

也许他出现在你单纯无知的年纪里，教会你什么是爱，也教会你什么是痛。那时的你曾歇斯底里地埋怨过爱情，也埋怨过他，在那些无数个痛不可当的夜晚里独自撑过。想念是如此漫长，你花了整个青春去爱的一个人，却又要再花上你往后的年华去遗忘他。曾经每一下呼吸都有着他的痕迹，想念变成了你的习惯，往前或回头已经没有用了，他终究变成了回忆，连同那个稚气的自己，一同封锁在了过去。

也许他出现在你美好的花季年华。你终于开始懂得爱情里面不只有幸福，还会伴随很多的悲伤、很多的不安、很多的痛苦。你开始走得战战兢兢，你爱得如此小心翼翼，甚至从不把自己的想念和悲伤说出口。你以为那个人会懂，你以为一味的付出就是至高无上的爱，你以为等待就会换来美好的结局。你想着，也许他就是对的人吧。然而又从高空狠狠地坠落，你再次感到失望，再次感到疾厉锐痛。你或许被背叛，心头被用力地割上好几刀；或许被丢弃，终日不断自卑于自己的不足；或许被荒唐对待，终于被束缚于那些稀稀落落的爱情里面。

也许他出现在你心灰意懒的日子。你不再奋不顾身地扑火。你在人潮中遇见了好多的人。你开始疑惑，自己是不是失去了爱的能力。你像是一只惧高的猫，却渴望去耸高的天际。你想要爱，想要幸福，却因为恐惧而不敢再踏出自己作茧自缚的门，有时候有人来敲门，你想要走出去，可是你没有力气了，你害怕再次走在那条明亮而斑驳的街衢上，你害怕再次被爱情吞噬，你发现你输不起了，于是愿意安之若素地躲在那个与世无争的茧里。后来他出现了，那个敲门的人仍然还在，他没有走，他在等待你的伤痛过去，他不想硬生生地逼你面对，他告诉你这个广阔的世界里其实还有深情的人。你慢慢来，他慢慢等。

每个人出现在你的生命里都一定有原因。

你喜欢的人给了你变得美好的动力，以及那些绵绵密密的想念。你学会了自卑，学会了付出，学会了不顾一切，学会了牺牲，学会了事情不可以勉强，学会了离别，也学会了祝福。

喜欢你的人带给你像冬日里太阳般的温暖，也给了你像是潮退时海水般的温柔，给了你最义无反顾的陪伴，让你撑过那些滂沱大雨的夜晚。你也许从未懂得感恩，也从未回头去看他们，可是他们就在那里，从未走远。多年后，你终于学会了感激，学会了珍惜，学会了感谢，也学会了心疼别人的付出。

你不喜欢的人教会你尊重和宽容。不是每个人都会照着你想要的样子生活。世界是宽大的，而自己是渺小的。

不喜欢你的人教会你自我反省、自我提升。你会慢慢地成长，变成更好的一个人。

伤害你的人教会你原谅。你终有一天能够笑着原谅那些过错、那些曾经。

你伤害的人教会你后悔和遗憾，要你看清原来自己曾是如此残忍的人。

你看，每个人的出现都有原因，我们都该心存感激。

我们一辈子会遇到好多的人，甚至我们数不清今生遇上了多少的人，终有一天也会渐渐地遗忘那些曾经在我们生命中留有深深痕迹的人们。我们无法计算以后会一起走多长的路，只能相约做彼此生命中温暖的存在。所以，请善待在人生的花开或花败之时每一个相遇以及错过的人。那些以后也许再也没办法见到的人，请不要怨怼他们，好不好？

以后我们就温柔相待，这样才不辜负相遇在茫茫人海。

「我要赶在最灿烂的花季，
用最美好的自己与你相遇。」

对在乎的人最好也是最温柔的方法是给对方一个最美好的自己。

你知道吗？我愿意，为了你，成为更好的自己。

「爱情的模样，
其实从来不需要答案。」

1

是不是所有的问题都可以找到答案？

是不是任何迷失的路途都找得到出口？

2

从前就很喜欢“一往情深”这个词。

小时候一直以为爱一个人是一辈子的事，是一种强大又温柔的存在，那种存在可以超越世界上所有纷乱的事物。明明自己什么都没有，只是靠着一颗纯粹又滚烫的心，就可以穿越浩翰的天地，穿越苍茫的高山，穿越载浮载沉的深海，穿越飘忽起落的雨雪，穿越数以百万的喧嚣人群，穿越九千万尺的渺远距离，穿越不断轮回的春夏秋冬，穿越温柔深邃的眼神，穿越如鲠在喉的痛苦，去到那个人的面前。

曾经，对我来说，爱就是一个这样的定义。

曾经，我们穷极一生，说过一辈子只爱一个人。

在岁月里淡然静好，温柔不争，甘之如饴。

3

如果说用文字表达限制了些什么的话，那一定是当时我爱上你的感觉。

永远无法完整地描写出心动的感受。

什么是心动?

第一次爱上一个人。

像是被轻轻撩动着发丝的舒服感觉。

像是倾洒在平静湖面上的雨水，溅起绵绵不绝的涟漪。

像是被闷在一间浓烟密布的房间里，已经失去想要逃出去的力气。

像是看着一望无际的天空伸手却触及不到的无助绝望。

像是我只拥有一滴水却盼望要给你一片海洋的狂妄。

像是我的心就只有那么大，而你却占据着我的心以及整个世界。

像是发烧那样浑身滚烫而我始终沉醉在有你的梦里。

大概是这个样子。只是大概。大概关于那个时候爱上你的感受。无法尽诉，也无从尽诉。因为太爱了太爱了，再说些什么也都无法概括当时的我有多爱你。

4

什么是爱?

你说是疼惜。

你说是包容。

她说是感受。

她说是生活。

他说是接受。

他说是幸福。

他说是习惯。

好多好多不同的答案，或是其实并没有答案。

爱的真实面貌是什么？

最纯粹的爱是什么？

好多人爱了，也只是爱了，用他们各自不同的方式，用剧烈的、平淡的、疼痛的、闪亮的、小心翼翼的、惴惴不安的、习焉不察的方式去爱，不停地追逐着爱，却遗忘了最原本最纯粹的爱是什么。

没有答案，没有公式，不是练习题，不是统一考试，却是终生在徘徊寻找的谜底。

5

“爱是陪伴，是此生不换，是永不磨灭的温柔目光。”

一秒之内不假思索地回答。

一起走。

6

总是能够想起那个时候的事情，仿佛像是渗入神经末梢的毒药般，完完全全溶解在自己的血液里面，每一次的呼吸都伴随着深刻的钝痛。比起快乐、心动、幸福、激动，更多的是心痛、悲伤、难过、压抑、愤恨、疑惧、颓圮、歇斯底里、作茧自缚的感受。

无数个在寂静中辗转难眠的黑夜里，眼前也还是会浮现出当时的画面。深蓝如墨的天空中好像有几颗星星，被微弱的灯光投射在地面上的并肩的倒影，我流着泪水的眼睛望着他有点遥远和陌生的侧脸，心里面崩裂出越来越大的缝隙，尽是痛不可当的想念和不舍。

我问他："你愿意等我吗？"

盘踞在夜空中的月亮越来越淡去它的颜色，剩下满地碎落的月亮残骸。我终于懂了，杳无生息的寂静，是他最后的答案。

没有说出口的那些话，我好像都懂了，什么都懂了，被卷入巨大的世界里的我们，被时间的洪流冲散的我们，拥堵在熙攘的人群中的我们，缘分殆尽的我们，以及往后只能在回忆里相遇的我们。

我看着他的背影，看着他离我而去，看着他一点一点地消失直到我完全看不见，看着他走出我的世界。他终于不再属于我了。

最后他不要了，我和回忆，他都不要了。

那已经是四年前的故事了。

还有好多散落成碎片的故事情节，我逐件逐件地细数着，甚至最后拾获这些碎片的时候还会割伤自己的手。

他彻底颠覆了我对于爱所有的定义。

所以爱是什么呢？那一刻，在暗无声息的街衢上，我送走了他，直到他完完全全离开我的世界，那些慢慢堆垒的疼痛还有悲恸终于如星火燎原，灼伤了我的眼睛以及我的呼吸。我整个生命像是被爱腐蚀残蛀般，深陷在那个浓稠酸蚀的沼泽里。

7

所以。

爱是什么呢？

本质是什么呢？

初衷是什么呢？

找个人告诉我吧。或是用毕生的力气来诉说给我听吧。

我在很早很早的时候就已经准备好聆听答案了，只是你怎么还不来呢？

8

其实也不需要有答案啊！

像风自会吹拂，树自会生根，花朵自会盛开，春天自会回来，四季在那里安之若素地交替运行，不需要谁解释，我们甚至也不需要得到答案，还是可以好好地活在这个世上。

所以爱是什么呢？

这一刻的我不再是七年前遇上初恋时的那个女孩，也不再是四年前被爱情磨灭至死的那个我，看过那些关于爱的起起落落后，我终于可以好好地回答这一个问题——

9

爱是光，是你永远想要追逐的方向，是你愿意经过漫长的黑暗等待的黎明，是整个宇宙最无可质疑的定律，是活着的美好，是鱼的海，是我无法完全占有的天地。

所有你感受得到的都是答案。

爱可以什么都不是，如果你愿意，爱可以什么都是。

爱是你，爱是我们，爱是一起走。

10

那就这样吧，我们。

不再问什么是爱，只要好好地爱着。

「爱一个人始终是件温柔至极的事。」

“爱一个人是最幸福的事。”

很多时候，我们会被那些巨大的不安、痛不可当的情绪、溅落的忧愁、溃散人心的痛楚湮没了那些最初心房上美好的悸动。我们会忘了最初的心是怎么样因为一个人而疯狂地跳动着，我们会忘了那些热烈的盼望，我们会忘了在熙攘的人群里抓回最纯粹的那份心意，忘了第一句“我喜欢你”是怀着什么样的感动，也会随着时间的流逝而遗忘自己曾经说过的那些绵长蚀骨的诺言。我们终究在时间里面迷失了自己最原先、最纯粹、最明晰的那个自己，以及那份关于爱的初衷。

后来我们都不再觉得爱一个人是那么幸福的了。我们会开始讨厌一味地付出，讨厌那些永不休止的等待，讨厌那些铺天盖地的失望，讨厌像傻瓜一样的自己，讨厌那些一去不复返的爱。于是人们总是说，被爱的人比去爱的人更幸福。

其实不是这样的，我们只是忘了那些炽热的感动而已。

你要相信，爱一个人始终是件温柔至极的事。你会因为一个笑容而得到无限的满足，你会因为一句话而拥有最浪漫的悸动，你会感激世界上有那个人的存在，你会觉得与他相遇是世上最美妙的事情，你会想要把此生所有的温柔全部给予他一人。你会拥有许多美好的期盼，想要和他走遍千山万水，想要他的毕生就是你的余生。你会充满着力量，你会想要为了那个人而一直不停地奋斗，你会从此想要当一朵美好的花，只为他一个人绽放。

你看哪，那么多的温柔、那么多的盼望、那么多的美好，我们怎么爱着爱着就遗忘了呢？怎么后来就被那些不安、失望、疼痛、悲伤、患得患失、难过失落掩盖了幸福的感受呢？怎么就在那些无声的转身之后失去了彼此了呢？

要一直记得啊！爱一个人始终是一件温柔至极的事情。当你爱着谁的时候，你的心会变得很柔软很柔软，足以原谅世界上许多的痛楚，也足以看开许多无解的遗憾，足以变得屹立不倒，足以变成一个只为一个人而美好的人。爱一个人不仅仅是温暖了那个人，还能够温暖自己那个孤寂的世界。你只是需要相信，你在爱一个人的时候很美好很美好，这样子就够了。

好吗，好吗？

「也许我们在每一个阶段
都在学习着如何去爱。」

爱一个人时就会变得像候鸟一样吧，用尽毕生的力量学会怎么飞翔、怎么迁移、怎么同行、怎么离别。

有时候爱一个人爱得太灼热，爱得太满溢，爱得万花落尽，爱得没了自己，就像伸手去摘一朵带刺的蔷薇，因为握得太紧又免不得被刺得遍体鳞伤，少不了满身疮痍，因为爱得太多而截断了给自己的温暖，然后从高空中狠狠地坠落，飞不起来也爱不起来了。

有时候爱一个人爱得太沉默，没有人听到自己心底最深切的声音，只有自己满腔的委屈，却也无人懂得自己的悲伤，因为太过忍耐、太过卑微、太过善良，所以总是把伤害都给自己，把自己藏起来，孤独地把所有难过都处理好。

有时候爱一个人爱得太骄傲，没办法承认自己的缺点，没办法承认自己不是那么云淡风轻，没办法放下那些所谓的自尊，无法直视那些封存已久的快乐，无法走进破裂的缝隙里，无法接受那样残破不堪的自己，于是用尽全身的力气和自尊心撑起平淡不在意的样子，却始终没人知道你其实没那么了不起。

有时候我仔细想想，好像从来没有人告诉我们要怎样去爱一个人，怎样去被爱，怎样去温柔地对待那些进入我们生命中的每一个人。

我们和一些人有了一期一会的相遇。有些人留下了，有些人离开了。在此起彼落的旅程里面，我们慢慢地、慢慢地经历了不同的爱。

在太爱一个人却狠狠受伤之后，我们学会了缓缓地去爱，轻轻地去爱，然后久久地去爱，懂得爱里的任何一种成分都不能太多。

在爱得太过卑微而受伤之后，我们学会了在爱里面留一点自己的影子，放一点点自尊心在爱里面，不再一味无条件地付出。

在爱得太沉默之时，我们学会了一点一点地依赖，一点一点地诉说，说自己并不可以，并不是没关系，不再把自己藏得那么深，学着坦白和分享。

在爱里太自傲而失去的时候，我们学会了放下自己，学会了解别人的伤痛，即使无法感同身受，也试着去体谅，渐渐地明白我们都是在爱里脆弱的孩子。

我们都得经历些什么才会慢慢地学会怎么去爱吧，所以即使是受伤、即使是失去、即使是分离，也是一件美好又温柔的事情吧。

毕竟我们走了那么长的路才到了这里，要渐渐成为更好的人才可以啊。

我想我们就像候鸟一样吧。

有时候会飞离原本的航道，有时候在哪里碰了壁就得重新找到对的方向，有时候自己觉得对的事情也许对于对方来说并不是最好的。

也许我们只是需要一点时间再慢慢地磨合，再慢慢地变得更好。你说对吧？

「只是我们每个人
爱人的方式都不一样。」

1

时间泛滥成灾。

就像是漏进缝隙里面的沙石，这样的日子太细碎了，细碎得无法堆积成岁月，细碎得拾获起来却又轻悄悄地从指缝间溜走，已经再也无法将日子堆砌成沙漠的模样。

从前的时光隔得很远很远，许多时候我不敢回头去审视过去的自己，总觉得需要用很大的勇气才能在回忆里把曾经走过的路重新走一遍，无论明媚，无论阴霾。

2

该怎么找回那些丢失的时光?

隔了一年，我才回到曾经熟悉的家，心里面有一些细微的牵动，看着一些地方有了改变，变得再也不是我离开时候的样子，可是那种感觉却从来没有改变过。我知道，那是我的家。

父母分开了，已经有一段日子了。

家里再也找不到曾经的样貌。它一点一点地变质，再也不是一个完整的家。

打开门的时候，我仍然能够想象父亲站在哪一个位置迎接我，想象他会说着一些什么样的话，有着什么样的表情，做着什么样的动作。

过去的景象历历在目。

——吃饭了吗?

——吃了些什么?

——怎么瘦了啊?

——有没有睡好?

唠叨的声音萦绕在耳旁，而我太厌烦这些话，所以总是选择视而不见。

可能我们每个人都有想要得到的爱，以及给别人的爱，而这两者从来不对等。

只是我不知道，那是爱的一种。

3

结束了一种爱情。

不是因为不爱了，而是因为太爱了。

她传了信息给他，说两个人只能到这里了。那是那年冬天里最最寒冷的夜晚，也成了她记忆中最最寒冷的日子。

也许因为是初恋吧，她总是觉得自己要无条件地牺牲和奉献。于是在日光最和煦的青春岁月里，她把大部分的时间都给了他，为他学会了忍耐，为他流了好多眼泪，为他没了自己，为他背叛了全世界。

即使他依旧无动于衷，她还是很喜欢很喜欢。

在她那狭窄却温柔的世界里，爱就是付出。

哪怕他从来没敢说，她太好了，好到他觉得他不配得到那样的好。

也许对某一些人来说，付出就是爱的一种。

4

时间又被拉远了一些。

回忆我更小的时候，父亲对我很严厉，他只要轻吼一声，我都觉得我的世界要崩塌了。对于我来说，他就是一个绝对威严的存在，我不敢抗逆。

于是我只能把事情做好，只能做得更好。

后来我慢慢地跟着回忆的脉络一步一步地走回从前的片刻，用一种旁观者的视角去审视过去的画面。在我没有看到的地方，父亲也许在怒骂过我之后，偷偷地流起了眼泪。

如果把所有的场景都放在显微镜下放大检视，是不是就会发现，原来每个人都有自己爱人的方式。

5

也许对于某些人来说，离开是最后也是最温柔的爱。

像刺猬想要拥抱爱人一样。

6

时间飞跃了好几个年头，离家的这几年，我很少见到父亲母亲，一年多的话两三次，少的话可能只有一次。

大部分的时间我都把自己照顾得很好，无论是上班、上课，还是处理各种琐碎的繁杂事务，已经不再动不动就倒在他们怀里哭诉自己的委屈，已经不再有什么烦恼就和他们诉说。

不再会跟他们要钱，我可以撑起自己的生活，尽管有时候还是很拮据。

不再需要他们担心我的学业，我可以好好读书，好好上课，好好写作业。

不再需要他们的担忧，我不再脆弱，我慢慢地强大起来，我可以处理好自己的情绪。

尽管有些时候我仍然觉得难过，觉得世界要崩塌下来，觉得自己再也撑不下去，但我仍然会对他们说我很好，我没关系，不用担心我。

在我没办法陪伴他们的时候，好好活着是我爱他们的方式。

7

只是偶尔，非常偶尔，在一个人走回家的路上，夜空深邃，晚风轻轻地吹拂，车辆行驶往来，天边的月亮和不显眼的星星照着冷冷清清的街衢，我会淡淡地想起他。

不知道他过得怎么样，但不论好或坏都再也与我无关了。

这样的情绪很轻很淡，像枯萎的树叶不小心掉落到池塘里面，柔柔地掀起了一波涟漪，但很迅速地，又被风微微吹过，吹散了所有的记忆，一下子又重新恢复成平静的水面，仿佛全世界都不知道这片树叶的跌落，只有我，目睹了那一刻，来不及惊叹，又过去了。

被融进时间里的记忆。

想起他就会想起他走的时候，我写道："我觉得这世界最温柔的事就是送在乎的人去走他想走的路。"就算那里没有我。我想他不知道吧，我曾经这样送走了许多我视之如命的人，我宁愿相信他们会在离开我后变得更加幸福，我宁愿相信他们只是迫不得已地放下而不会后悔当初的决定，我宁愿始终当个温柔的人。

所以他走的时候没有回头，而我在我几百个表情里面，选了一个温柔的笑脸，目送他离开我的世界。

这会不会，就是我爱他的方式？

8

又结束了一段旅程。

从冲绳回来的时候，仍是夏至，贪恋着鲜艳的海，游离在天和地之间，总要等到结束后我才会真正地去回望这段旅程中的一切。

倘若把人生想成一次巨大而缓慢伏行的旅程，获得些什么，懂得些什么，失去些什么，都会被时间拉得很长很长，长到把这些得失慢慢地淡化，长得有一天我们会遗忘所有过错和错过。

果然时间会冲淡很多东西吧。

不敢说我已经非常懂得“爱”这个字的含义，甚至很多时候还不懂得怎么去爱，怎么被爱，怎么了解爱，怎么原谅爱。而爱，太过复杂了，只有亲身去经历，才能更加懂得爱。

所以这些岁月还不够，还不够让我完全懂得那些我生命中的爱。

毕竟，毕竟。

我们懂得的太少，遗忘的太多。

9

当然无法全然理解别人的爱。

就像我们无法做到感同身受，无法体会那些别人身上的切肤之痛。

我们并不会全然喜欢别人爱我们的方式，就像别人也不全然喜欢我们爱人的方式。

只是，可以慢慢地去懂得。

缓慢地，缓慢地去感受，每个人的爱。在别人的生命里撒落一些种子，而那些种子会在自己的岁月里花开成簇。

原来每个人的爱都不尽相同，就像花开花落也有千百种模样。

有的绽放，有的内敛。

有的温暖，有的冷艳。

「你要相信，
我们永远不会
失去爱人的能力。」

她爱过一些人，也曾经被一些人爱过。

有时候已经说不清楚那些感情给她带来过什么伤害，她只知道自己的心脏在一点一点地破碎，来不及去修补那些蜇人的缝隙，新的裂痕又开始不断地向外蔓延。

一次次的恋爱，都摧城掠地地摧毁着她。

直到她觉得她要丧失爱人的能力了。

那种感觉就像是太用力地爱一个人，用尽所有的努力和温柔专注在那个人身上，到后来花光了自己的力气，再也没有信心没有能力去爱别的人了。

如同在失明之前已经见过世界上最美的冰极也看过最绚烂的彩虹。

再也无法期盼些什么了。

又或者是，心底太过于荒凉，再好的种子也开不出精致的花来。

再也不会像喜欢他那样喜欢另一个人了。

如若非他，又何必将就。

花光所有的力气又如何重拾爱人的勇气？

所以在后来的日子里，女孩遇到了一些不错的人，也只是摇摇头，说一声算了吧。

可是你有没有想过，亲爱的，其实我们永远不会失去爱人的能力的。

只要世界足够大，余生足够长，肯定可以等到有一个人出现在你的生命里，重新照亮起那灰飞的废墟。

他会轻柔地拔掉你心里面的刺。

他会在荒芜的孤岛上悉心地照料好每一株绝处逢生的花草。

他会抚平你心上所有破碎的裂缝。

他会在微茫的夜晚里为你点一盏灯。

他会让你原谅从前所有的刁难。

你要相信，你要等。

有一天时间会把你的“想念”变成仅仅是“想起”。

有一天时间会把你的“爱着”变成仅仅是“爱过”。

路途那么遥远和荒原，我们难免会丢失一些重要的东西，但是你要记得，我们永远不会失去爱人这个本能。

我想生命最珍贵的地方在这里吧。

假若在这个黯淡萧索的夜晚里，你正在失去着谁，你可以抬头看看渺远的星空，然后期待着下一次的黎明，下一次的春天，下一次的花开。

愿那时，你已重新拥有一个所爱之人。

「有些人来到你的世界
是为了教会你痛苦、悲伤和难过，
然而有些人来到你的世界
仅仅是为了告诉你，
你值得幸福也值得被爱。」

「有时候你要相信，
所有事情都有它的意义。」

我时常问自己，为什么要经历排山倒海的悲伤？为什么要感受撕心裂肺的失去？为什么要遇到难以挽回的遗憾？为什么要感受心灰意懒的失望？为什么这些令人痛苦的事情会存在于这个世界上？于是每一次错过、每一次失去之后，我都在埋怨，埋怨这些事情的存在，埋怨上天，埋怨这个世界。

我曾经撕心裂肺地痛哭，哀悼着一段不复重生的爱情。我哀求着自己能回到过去，我甚至盼望着自己能永远置身在回忆里面。你说那是爱也好，是不甘也好，是执着也好，我只是不愿把过去的爱和那个在爱里灿烂着的自己一同埋葬、封存在名为回忆的盒子里面。

我恨透了这些让我破碎的东西。

可是你有没有想过，如若不是曾经经历过这些事情，你还会是现在这个你的模样吗？

慢慢地懂事，慢慢地成熟，慢慢地学会释怀，慢慢地懂得割舍，慢慢地看开失去，慢慢地知道珍惜，慢慢地放开执念，慢慢地了解生命中的去和留。

如果当初你没有经历一些痛，你能够懂得这些吗？

就当作所有的相遇和错过、拥有和失去都只是生命中同等重要的习题而已。

每一场相遇都是一个独特的故事，向不同的人展开关于快乐的、幸福的、伤心的、难过的、纠缠的、疼痛的情节。彼此走了好长的一段路，有时候未必能走到好的结局，有时候没有结局，有时候甚至还互相折磨至一段感情的最后，有时候无疾而终。我们都该懂得世界上没有绝对美好的故事，相遇也是如此，未必能给你带来幸福和快乐，甚至还在你生命的路程中留下了好多的伤痕，腐蚀你的心脏，磨灭你的信念，击碎了你过去的某个部分。然而，即使是这样，他们的出现都有着意义。在无法逆回的时间里，他们让你长成现在的模样，无论是完整还是破碎，他们都塑造了今天的你，让你走了那么远的路，走到这一步。

那些错过的弯路，只是为了让我们遇到更美的风景。

原来我们从没有走过什么冤枉的路，也没有白费过所有的心痛和失去。你以为浪费了好多时间寻寻觅觅的，其实在这些失去里面你意外地拾获了那些你没有想过会得到的东西。你以为失去就是失去，可是你不知道失去的另一面是得到，那个时候你双手紧握的错误，让你拥抱不了未来，后来你失去了海洋，却拾获了海岸。

于是在经历了那么多、行走过那么长的一段路之后，我慢慢觉得人生的过程就像一列火车的旅程——许多人相遇又离别，上车又下车，每一个人要去的地方都不一样，我们总得和一些人告别，学会放开别人的手，学会面对强烈的孤独感，学会笑着和别人挥手离别，学会独自走剩下的路。因为有的人到站，有的人换乘，有的人还没到终点，只是无论是不舍还是心痛，我们都要心存感激，感谢在那段旅途里曾经陪伴自己同行的人，让自己在浩渺的世界里少孤独一些。

我终于可以满怀感激地看待所有的相遇和失去，感谢以往的失去有了今日的相遇。我们都在季节的更迭里拥有好多相遇与错过，所以我总是这样相信着，那些唐突的遇见，其实早已在生命中埋下了伏笔。所有的失去和遗憾都只是通往幸福的桥。有时候我们只是不知道还要走多久，但一定要相信能够到达。不如就这样吧，把每一次痛苦的失去，想成一次婉转的收获。我们错过了那些，只为了遇上更好的风景，遇上风景中的你。

「余生那么长，
总有一天能把所有的
遗憾都熬成遗忘。」

我没有想过有一天会再一次听到他的消息。从好朋友的朋友的朋友的口中听到他分手的消息，而且还是隔了好几个月之后，我没有太大的反应，只是轻轻地点了点头。她说："我记得以前你每天都跟我讲他的事情，无论是开心的、伤心的、快乐的还是难过的。那个时候我看着你们牵着手散步的背影，我曾经以为你们会一辈子在一起。我也还记得你失去他的时候，眼泪一颗一颗掉下来，直到他完全地消失在你的世界里。"

我听见她诉说着陈年的旧事，却像是在听说书人讲故事一样。那些场景好像有一点熟悉又有一点陌生。我不太记得当中的细节了，就剩下一些残破的碎片穿插在记忆里面。我才发现，原来好久好久我都没有想起他了。有多久呢？久到想起他的时候，就像是在旧仓库里面发现的老照片，上面的灰尘都已经久积成垢，不再能清楚地看见照片中的主角。

"那个时候你真的很爱他。"她说。

"是吗？"

我没想过有一天我竟然会记不起来，原来我曾经如此深爱过一个人。

所有的种种，都像是被风吹走的花瓣，四散在田里，化成泥，化成土，它们像是没有存在过一样；像是在听人说上一辈子的事情一样；像是翻了好几十页的书翻到了结局一样。它们一点一滴地被稀释，一点一滴地流走，一点一滴地被晕开，在岁月的冲刷下，它们不再鲜明、不再刺痛、不再叫嚣也不再肆虐，慢慢地变得很柔和也很模糊。

风在吹着，时间在流淌着，这条路上的我在走着，世界在一刻不停地流转着。日子这样过下来，我终于走到了这条路的尽头，终于走出了他的世界，终于不再时常疼痛着，终于不再深陷在泥坑里，终于不再紧握着那些遗憾，终于，终于不再想起。

你相不相信，那些曾经历历在目的过往，有一天想起来居然像是在说一个有趣的故事？你相不相信，曾经把自己困在一个错综复杂的迷宫里，每走一步路都需要用那么多的力气，撑着自己去走那么长的一段路，现在走到尽头的时候，居然会感谢那些曾经让自己槁木死灰的遗憾？你相不相信，终于有一天你会坦然地说出这些遗憾，它们不再占据你内心的重要位置，它们再也伤害不了你了？

原来到了最后，那些曾经刻骨铭心的，都不记得了。

还好我们的余生很长，还好我们还有时间，还好我们都还能等待岁月把所有的遗憾都磨成碎片，磨成灰尘，然后如烟消云散般地遗忘。

你要相信，你要等。

「还好我们还有很长的
时光去努力遗忘所有的过失。」

还好我们正值青春年华，还好我们有漫漫无边的时间，还好我们来得及努力，努力去原谅所有的伤害，努力去遗忘所有的过失。我们曾经丢失了爱，也丢失了自己，但还好岁月温柔，我们有无尽的时光重新累积爱，重新找回自己。别急，无论多少遗憾和过错，都能重新来过。

「原来有你或是没有你，
我一直都是我自己的。」

我一直以为有了你，我才是一个完整的人，所以在四季流转之间，我在你的世界里迷失了自己。直到你离开了我的人生，我才发现一直陪着我的人，原来是我自己。所以我会对自己负责，我会捡拾我自己的碎片，我会自己修补缝隙，我会擦干眼泪。嘿，我要往前走了，亲爱的。因为过去太可贵，因为回忆太美好，因为从前再也回不去了，所以我要抬头挺胸地往前走了，无论未来的日子里会不会有你的身影。你走后，我才慢慢地发现，原来有你或是没有你，我一直都是属于我自己的。

「每段故事都是
一场自定义的成长。」

1

每段故事都是一场自定义的成长。

可以随手把天空捏成任何的形状，它可以是你天马行空的幻想，它可以是你躲避烦恼的树洞，它可以是任何东西，只要我愿意。

2

永远无法被理解的一段时光。

以破釜沉舟或是螳臂当车的勇气来坚持着的一段混乱的、疯狂的、自私的、不顾一切的岁月，甚至没有任何关于未来的想法，就这样带着决绝的心情，享受着任世界摧残的流浪。

就像是刺青师傅把尖锐的针头刺进皮肤，血从细微的裂缝中涌出，那些痛得无法自拔的泪水灌满我的人生，那是一种近乎自残的快感。

那是甘愿走进颓圮的自己。

3

“你在哪儿？”电话里面是一个柔软的声音，隔了差不多一个月没有听见的来自妈妈的声音。

那算是一次离家出走，撒了一个小小的谎而圆了我一次梦想中的旅程。我躺在床上懦懦地回答："我在韩国。"

还记得那是我大一下学期快要期末考试的时候，自己踏上的一段荒谬的旅程。

得到的回应当然是充满盛怒的骂声，所有的不安、愤然、担心、埋怨都混合在一块传进我的耳朵里。我还记得那天是我的生日，接电话时我正在发烧，浑身滚烫得如火苗一般。我哭了，和妈妈说了声"对不起"就挂了电话，埋头在那廉价的青年旅馆逼仄的房间里，哭了好久。

原本看似只是一次充满勇气的出走，但如果所有的原因前面加上"追星"两个字就会变成虚妄、荒诞、任性的出走。当中的区别，太过明显，近似于对立的天平两端。

那好像变成了一个巨大的阴影，像是墨汁滴进清水里，毁了一整段时光。

不只是那一次。

后来还有一次是二月的时候，那时候韩国大概是零下几度的样子。我搬着七八斤的应援物坐上通宵的转机飞机，十几个小时后才到了韩国，在演唱会里被保安抓包，被恐吓没收单眼相机……那天凌晨，我一个人睡在机场的角落处，甚至口袋里的钱还不够我吃一顿早餐。

当时的我如此潦倒，后来我自己回想起来，也大概可以理解别人对于我那些难听的评价——如此疯狂而自私。

那时的我不需要别人理解，也不稀罕任何一个人来理解自己疯狂的行径。

我只要自己懂得我所做的一切就好，哪怕与世界背道而驰。

总有一天，所有的种子会安然开花。

4

这样的日子坚持了好几年。为了追星，我开始很努力地打工，每天除了上课就是打工，甚至连午餐时间也如是。

然后我开始很用心地学习各种技能，学会了说韩语，学会了photoshop，学会了独自去很遥远的地方，学会了和各种不同的人相处，学会了所有的事情都不需要别人的理解。那时候韩国的后援会会长也认识我，那时候很多的粉丝会都会等待着我发出的高清图，那个时候那个明星也认得我、会和我打招呼，那个时候我还会帮你们现在所看的韩国综艺节目做翻译，那个时候我默默地做着我很喜欢的事。

即便，那个时候我父母讨厌我，连那些我原本以为会理解我的好友也在电话里问我“你是不是疯了”。

——你是不是疯了？

——你疯了吗?

——你知不知道你在干吗?

——你怎么会变成这个样子?

对，那是一段无法被理解的时光。

5

没有人会疑惑后来一个这样疯狂的人会变成怎么样。

所能想象到的结局是堕落，如同被蹂躏后的废墟般，万劫不复。

那可能会是一次可怕汹涌的海啸，会彻底地溺水，沉没在潮水里不再呼吸，甘愿堕落。

人们定义一件事情和一个人的标准浅而易见，以最简单而直接的方式，以貌取人。

没有人会见到那些埋在泥土里的根茎，也没有人会去注意沼泽里的萌芽，直到后来某一天，开出盛大而鲜艳的花朵来。

直到那个时候，人们也只看到那美丽的花朵，而忘了这是曾经深陷在沼泽里与世界背道而驰的种子。

“总有一天，所有的种子必定安然开出花来。”

6

后来我没再那样做了。

并非因为害怕人们的怪责和排斥，而是慢慢地度过了一个阶段，像是一次历险，而自己明白，若没有这个过程，自己也许不能抵达更远、更高的位置，成就今天的自己。

旧时的经历说起来就像一本书里的故事，而那个章节结束时我才有了如今的收获。

后来我做了交换生，后来我韩语流利得像当地人一样，后来我因为韩语成绩优异拿到了奖学金，后来我所有的痛苦都变成了礼物，就像泰戈尔说过的一句话——

直到有一天，所有的种子已安然开出花来。

7

岁月辗过的痕迹仍然清晰如初。

几年过去了，我不再喜欢我的偶像，不再为他们奔波，不再为他们憔悴难过，不再因他们而疯狂，但是我永远不会忘记有那么一段时光，我喜欢他们，像鱼儿爱上天空那样遥不可及，也像蒲公英落地那样不问归期。

后来偶尔听见他们的名字，我还笑着和别人说，我曾经也喜欢过他们。

我还是会不断地想起，自己曾经疯狂的样子，无数次因他们而起的狂妄，而后来有了现在的我。

于是我想，我们每个人都有属于自己成长的方式。

跟任何人都没有关系，只属于你自己，只有你自己可以去定义的旅行。

8

你要知道，道理不一定都是对的，大部分人的意见并不会成为正确的标准。不一定要以世界的标准来判定着什么才是真正的成长。

成长是一个动词，不褒不贬，你不一定要做个好孩子才能成长，你可以用任何一种无愧于心的方式。

你可以燃烧自己的青春只要你愿意，你可以做任何事情只要你不后悔，你可以享受着属于自己的成长和经历。

你要相信，总有一天，所有的种子会安然开花。

「原来，
我们一直都在和自己相遇的路上。」

1

人们总是说："不要回头看。"

然而，有时候我们需要回头看看自己走了多远的路。

2

你还在那里吗？

骄阳似火的五月，洁白的校服像被镁光灯照着一样，在午后的烈日下闪闪发光。那是我们最鲜亮的青春，每一个人都有着伟大而梦幻的梦想，想着未来有一天要到远方去。你应该是坐在树下那个拿起书本阅读的少女吧。操场偶尔有人结伴走过，校园道路的两边种满了绿油油的樟树，遮去了一部分最刺目的阳光。你应该还在那里吧，静静地看着远处打篮球的男孩们。你曾经说过那里有你喜欢的人。那时候，白云总是压得很低很低，仿佛伸手就可以抓住那雪白透明的茧。

你还在那里吗？

带着天真烂漫的笑容走进人群里面，在如此广阔的天空下朝着自己的方向前进，还是会在夜晚睡不着的时候歇斯底里，强求着要做一个很长很长的梦呢？

你还在那里吗？

受了伤就忍不住放声哭泣，直到棉被在下大雨的夜晚里慢慢变得潮湿，直到你在这样逼仄的黑暗里沉沉睡去，又被霸道的阳光在岁月中晒干了泪痕。

你在吗？仍然还在那里吗？

3

时光像极了一个巨大而沉静的湖泊，它不会掀起汹涌的大浪，不会卷起神秘的漩涡让你不复重生，不会像海一样浩大深邃，不会浮躁地暴动起舞，它通常都是平静的、安稳的，就算有风吹过，它也只会荡起一波一波的涟漪，除此之外，它都只会那样安之若素。

我想我们就是在这样静谧的时光里慢慢地成长的。

该怎么去形容那时的自己呢？

读书成绩平平，算是中上，永远拿不到那些最耀眼的第一名，却也没差到做最独特的最后一名；在老师眼中算是乖巧，却也不算是特别乖巧，因为还有一些人更会讨好老师，永远做不了最受人瞩目的一个；长得不差，也不算特别好，就是普普通通，就是平凡。

把所有美好的词汇都用上，也只不过是单纯、天真、爱笑、乐观，都掩盖不了一个突兀的词——平凡，太过于平凡，平凡得在任何一个人的青春里都一定出现过这样的一个人物，甚至有时候根本察觉不到自己的故事里曾出现过这样的人物。就是这么平淡，无奇。

有时候会很敏感，因为一丁点儿的事情就觉得开心或是难过。

受不了那些不公正的事情，却也因为胆小而从未发声。

非常讨厌落单的感受，讨厌自己不合群而用尽全力勉强自己去挤进一个热闹的群体里面。

从不是什么美好的人，甚至心底偶尔还会涌现一些黑暗负面的想法。

这就是我，学生时期的我。

太过于潦倒，以至于后来的日子里我都不忍回想起那个时候如此简朴到无味的自己。

我总是想尽办法要成为最闪亮的人。

上了大学之后，完完全全地离开所有曾经深知我的人，才能够把过去完好无缺地封存起来，藏进心里最隐没的角落里，从此不想要再去触碰它。把所有的过往、所有的软弱和难过、所有的自卑和厌恶、所有的负面和悲伤、所有的疼痛和伤口，通通都这样子打包起来，丢在心里的那个角落里头，残破得连自己都不忍翻开来看。也许这样也很好，至少自己可以假装忘掉一些事情吧，我总是这么想。

于是在看到了更大、更宽广的世界之后，我塑造了自己想要的模样——我想成为一个快乐又温暖的人，想要变得优秀、变得受欢迎，想要做最特别的人，想要得到全世界的关注。为了成为一个这样的人，我在大学里花了很多的心血，交了很多的朋友，用尽全力去念书，只为了得到那些分数带来的愉悦，努力变得漂亮，变得美好，努力成为所有人心目中美好的模样。

后来我成功了，成为了所有人羡慕的对象。刚开始我很快乐，可是后来我渐渐地分不清楚，是因为我成为了这样的人而感到快乐，还是因为别人认为我成为了这样的人而感到快乐。

两者有很大的差别。

简单来说，我是为了自己快乐，还是为了别人的认知而快乐？

我开始分裂起来了。

我甚至能听到那些裂缝在迸裂时那清脆而响亮的声音。

我终于被自己分裂开来。

一边是美好而虚伪的自己，一边是不堪而真实的自己，我开始分不清楚，到底哪一个才是真正的我，哪一个值得被我容许继续活下去。我不清楚答案，两者都那么让人难以割舍。

4

我总是不由自主地想起每一个阶段的我。

平凡普通的时期，最喜欢笑的我，可以为了只是看见喜欢的人一眼就快乐一整天的我。那时的世界很小，云朵很低，梦想很大。我想要到遥遥无境的地方去流浪，想要牵起爱人的手在海边漫步一整个下午。那时我与最单纯和天真的自己相遇了。

很爱一个人的时候，我把他当成了全世界，拥有得不多却愿意为了见到那人的笑容而给予自己的全部。而我和他却在人潮拥挤的世界里走失了，他猝不及防地离我而去。我失去了视之如命的他，因为相信，所以从未留有任何余地给自己，于是就这样彻底地被他打破。那时我与最破碎的自己相遇了。

我曾经非常努力想要成为一个特别的人，一个在所有人的眼中都足够好的人，因此拼了命地工作和读书，用尽办法变得优秀，得到别人的称赞，成为闪亮的自己。后来我遇见了好多生命的过客，他们赞颂着我的美好，让我知道原来我也可以成为一个美好的人。那时我与最意气风发的自己相遇了。

在无数个夜晚里，雨水泛滥成河，世界被雾笼罩成一个混浊的茧，我在黑暗中不断地辗转反侧，不断地思索着人生的意义。所有生命的意识仿佛都沉到了海底，只剩下被窝里微弱的呼吸，我无法沉入睡眠，无法掉落梦乡。在最最绝望的时刻，我和最悲伤的自己相遇了。

在海水退潮之后，满地狼藉。是那些过去的碎片，它们坦荡如砥却仍然能够伤害到我。但我已经无所谓了，我慢慢地强大起来，慢慢地拾获一些从前的时光，终于可以好好地去正视着它们的存在。我想我正在和温柔的自己相遇着。

还有很多个片刻中的自己，你们在哪里？我已经准备好要和你们相遇了。

5

你知道吗？我不打算要复原了。

从前我一直在想，我一定要好起来，一定要像以前那样意气风发，一定要修补好所有的裂缝，一定要重新当一个完整的人，我不想再如此支离破碎。

可是后来我发现，原来那些东西都再也无法复原了，所有遗落在时光里面的东西，我们只有慢慢地去接受它们，接受失去、接受遗憾、接受错过和曾犯下的过错，接受那些错误深刻地烙印在我们的生命里面。

其实也不需要好起来了。

也许正是因为有了这些裂缝，因为曾经被打破成碎片，我才明白了好多的事情，也终于可以成长成现在这个模样，而原来真正爱自己的人是不会在意自己是不是真的好得起来。

所以，亲爱的，我不打算强迫自己好起来了。我始终相信时光会予以我们温柔，会风干那些伤痕。无论喜不喜欢现在的自己，无论到最后能不能好起来，我都一直是我啊！

都是最真切的我啊！

6

心里被标示“危险区域”的那块土地忽然有了入侵者，在里面大肆叫嚣着、肆虐着、翻腾着，随即掀起一层厚冗的尘埃，四处飘起浓浓大雾。

不想提及、不想触碰、不想回望、不想踏进、不想抚摩、不想正视那在心的禁区里封存了好久的盒子。那里太痛了，只要稍微走进就深深地刺痛自己的神经，从记忆末梢不断迸发出来的疼痛。那就让它封存在那里吧。即使放弃痊愈的机会也不想再触及那些痛楚，你甚至不用偶尔去擦拭盒子上的千缕灰尘，你就放任那些伤痛安之若素地与你共存。不用强迫自己好起来了，不用强迫自己接受那些悲伤，也不用像他们所说的相信一切都会变好的，反正很多时候只有自己知道其实那里是不会变好的。有些伤有些痛有些失去尽管提及多少次都还是会痛不可抑，这就是我们脆弱的地方。所以，没关系，真的没关系，好不起来也没关系。我们每个人不都是带着伤痕累累的躯壳生活的吗？即使千疮百孔还那么努力地存在着。如若还不想触碰伤口那就封存它们，总有一天禁区会满布尘埃，也总有一天不再释放那些疼痛的负能量，到时候再去拾获那些心的碎片，到时候再去捡拾弄丢了的自己。真的不急。我们慢慢地走着属于自己的步伐，踽踽而行。

你只是需要一点时间与自己和好如初。

7

也许生命的本质就在于经历。

原来，我们一直都在和自己相遇的路上。

后　记

「我把最好的自己
和最坏的自己都安放在这里。」

终于写到这里了，像是迷宫走到最后的时候，如释重负的神情。

这本书里面的每一篇都是在开始孜孜不倦写作的这一段日子里写下的。有两年多了吧，这样公开在大家面前写作。在这样无数个雨淋花落的夜晚，我不断地思考着写作这件事于我而言，到底算是什么。

写作的过程是难受的，甚至有时候会焦虑到精神恍惚，不断地自我隔离或是放逐，在现实跟梦境之中回旋着。因为写散文这件事本身就在于回顾，回顾一些往事，那些因为太细碎而挤进时间缝隙里的画面，回顾一些太轻太轻的心事，或是那些太深太深的伤痕，像是黏密的锈斑一样用尽力气也刷不掉的记忆。所有曾经、所有从前、所有故事，万花落尽，系风捕景。

在写文的过程中必须把这些曾经默许过自己再也不会走第二遍的路，重新百转千回地沿路走回。说实话，写作于我而言是种极大的痛苦。

然而，在那以前，写作是一种快乐，把所有印记重新翻阅一遍。像久别重逢的好友那样，我会轻轻地抱住她，问她："你好吗？"她同时也会轻轻地点头，说："我很好，那现在的你呢？"我仍然觉得自己是个无比念旧的人，因为舍不得丢弃那些记忆和感受，或是片面的触觉。因为这样，我能久久记住那些幸福的瞬间，也因为这样，那些东西支撑着我，直到现在，恒久不变。

有时候我会觉得生的反面不是死，就像快乐的反面也不是痛苦一样。

我讨厌人群，讨厌吵闹，讨厌欢快的笑声，讨厌这个正面得极为虚伪的世界。我讨厌负担，讨厌框架，讨厌麻烦，讨厌这个如此麻烦的自己。嗯，结论是我讨厌这个世界的自己。可是人生的开始并无法选择，我们也没有义务一定要喜欢这个世界。然而在那一瞬间，我看见飞机缓缓地降落，看见那些重逢的人们的表情，看见这些极度美好的欢愉，我有了想哭的冲动。那时我才懂得，原来我们每个人都有一些柔软的部分。

如果白天和黑夜能够和平存在，如果雨天和晴天可以共同拥有天空，如果水和火可以互相容纳，如果光和影可以同时出现，如果飞翔和坠落可以只差一瞬间，那有什么是不可以的，又有什么是不能够同时存在的？就像我如此地恨你，却又如此地爱着你。这种感觉极为矛盾可是又极为合理。那么，快乐的反面是什么呢？是痛苦吗？可是痛苦的人不一定不快乐。就像写作那样，在那些可以毁灭人心的悲伤里和诉说不尽的情感里借由文字一点一滴地剖开自己。一定很痛苦吧，硬生生将自己的伤口暴露在书架的角落里。可是我却乐意做那样的事。于是很久以前我决定了用这种方式，快乐并痛苦着。就像我们每个人，同时拥有温柔和锐利，同时可以快乐与悲伤。没关系，其实这就是这个世界本来的模样。生与死、悲与喜、笑与泪，而我，只是其中一个我。

我想，我们都无可避免地遗忘着，所以到头来我发现，写作，其实只是为了念念不忘。

我把最好的和最坏的自己都写下来，让她们在书里面相遇，就像是当年她们在背道而驰之前相拥告别那样，她们终于阔别重逢，她们终于和好如初。

我遇见了我自己，在最好的时光里面。

你知道吗，原来生命中最美的一场相遇，是和自己。

写到最后，必须感谢一些人——我的家人、我的室友和我的老师。

不朽

2017/07/25 00:24

这本书献给我爱的人——滃营、翰宗，以及所有灵魂掉落的人，当然还有我自己。

与自己和好如初

不朽 著

中国出版集团 现代出版社

对自己，你也该是个柔软的人，

从今以后就别再背对自己的悲伤吧。

目录

「习惯悲伤，
就不再向往阳光。」

「有时候，只是不想
坏掉的自己被人看见。」

很多很多这样的夜晚里面，当天色冉冉地从天蓝色注进深邃的黑，雾色开始发浓成一盘浓稠的墨，周遭渐渐失去世界的声响，世界仿佛成了游离的塞外，而我像极了一座被隔离的孤岛。

有时候我会觉得，这样离散于人群，把自己安放在一个萎缩的茧中，是件很安心的事。

——一个受了伤就会想要逃进去的洞穴。

在那个潮湿的洞穴里，没有一丝刺眼的白光，没有任何人烟，可说是荒草杂生的地方，因为过于漆黑，反而看不见任何糜烂的霉斑，因为足够黑暗，模糊了美好和丑陋的界限，可以尝试地掀开深藏在皮肉里那发脓溃烂的伤口，可以慢慢地卸下深埋在表层底下那伪装的表情，可以缓缓地松开被紧捆在深处那覆满悲伤的自己。

不再需要顾及别人的目光和感受，不再需要成为更好的人，不再需要为难自己了。

一个坏掉的自己。

于是很习惯把自己藏在这个槁木死灰的深潭里。

那就让我这样吧。

让我保护好自己的伤痛，在黑暗里轻轻啜吸自己的伤处，让我把最深最丑的自己埋起来。连同我所有的疼痛和悲伤，一起留在那个萧条的地方，让我崩断世界和

这个地方的连接，让我掉落在这个崩颓的洞里，让我把此处苛毒地封闭起来。

我仍然非常地脆弱，我仍然无法面对自己皮开肉绽的伤口，我仍然讨厌着坏掉了的自己，我仍然——

好不起来。

所以就让我这样吧。

让我把腐烂的自己再藏得深一点吧，深到没有人可以发现，深到可以抵抗所有来自世界的恶意，深到足以掩盖我所有的丑恶。也许有一天，假若有人愿意留在我的生命里，那个人会发现洞穴的入口，会心疼我所有的钝痛。

所以，

就先让我这样自生自灭吧。

在我有足够的能力面对世界之前，让我自生自灭吧。

「你不会知道，
我对自己有多失望。」

1

有时候就是想要不断地伤害自己，反复地令自己疼痛、受虐，拼命地将自己与幸福隔离，直到心痛到一定的程度，连流眼泪的力气都没有的程度，痛到再也流不出一滴眼泪，以及痛到任何的快乐也无法抵消得了铺天盖地的悲伤。

2

“你走吧，其实我自己一个人也可以。”

用着喑哑的语气，仿佛是售票人员回绝入场观众般，用着一种嘲讽又自傲的口吻，赶走那些想要进场的人，甚至还会得意地观赏人们失望的表情，如此萎靡。这是第几次用一样的话，一样的语气，一样的刺，一样的方式去赶走一个人，我已经记不清楚了。也应该是第几次得到一样的反应、一样的回答、一样的态度、一样的转身，所以那个时候我说的恶性循环大概就是这个样子。也在那个瞬间，预想好所有的情景，有了人物设定，有了对白，有了当下的情绪，也理应地有了那样的结局。

只是忽然觉得感慨的是，我所说的话都变成了事实，好像都先有了征兆，有了预设的未来，所以从来没有觉得很意外。

纵使是这样，在听见那句蜇人的回答“好吧”之后，也还是忍不住心脏隐隐地发痛着。

你说，人大概就是这个样子。得到了某种程度上的失望，就会转

身离开，就像水太烫就会放开杯子的道理一样，没有谁可以等待谁那么久，因为时间是残忍的，而世界上所有的情感都抵不过时间的消磨，你说。我说我知道的，所有的失望都是长期的累积，直到心里的雪球越滚越大，直到满布伤痕，就会离开得彻彻底底。我说我真的知道，我也试过那样的感觉，对一个人失望到把那些想要对他说的话全部以“算了吧”来概括。

大概就是那样，虽然我每一次都好想要相信他们所说的，不会对我失望，可是不是啊！就像你所说的，怎么可能不会失望，又怎么可能会有人愿意如此地等待一个人呢？只是为什么相信时间？为什么总是说时间会把对的人留下来？为什么呢？我想了想，也许是因为知道时间有多残忍吧。我们都知道时间的强悍，所以才会更加相信，如果有什么人留了下来，大概就再也不会走了吧。

3

她说，她爱得太疯狂了，疯狂到不见了原本的自己。我好难过好难过，我不断地在想，我要凭借什么去再次相信那些爱情的美好啊。我遇过好多心碎、好多疼痛、好多悲伤、好多失去、好多崩坏的诺言，我好不容易学会和那些伤痕和好如初，我好不容易不再执迷于那些错过的片刻，我好不容易一路跌跌撞撞、颠颠簸簸、营营汲汲地走到这里，我经历了好多你知道吗，我受了好多的苦啊，也有好多的话埋在心里的坟墓，没有人来得及听我诉说，我好不容易望着她和她爱的人那么

幸福，就像我笑着看她走进美好的未来里那样，我好不容易走出那些阴霾，也好不容易不想再委屈自己了。她却说，她爱得太疯狂了。她这样说的时候，我真的由衷地想起好遥远的自己，那个时候，当我在夜里哭得歇斯底里的时候，在我痛得辗转难眠的时候，在我觉得世界都要崩塌的时候，我曾经许诺过自己，我再也不要去爱谁了。而那之后，我也的确没有再爱上谁。

我在想，如果那个人能够穿越那些我布置的荆棘丛林，如果那个人能在人潮拥挤的时候找到那个残破不堪的我，如果那个人能抵挡得住那些我刻意留给他的伤害，那么无论如何，那个时候，大概我就可以放下那些执念，再为了他勇敢一回。我那个时候许下的愿，回首一看已经好几年了，却仍然没有实现。

4

“你总是那么要强，才会错过那么多的温柔。”

5

“你走吧。”

总是这样反反复复地刺伤对方，在听见那些美得像裹了糖霜一样的话之后，还是想要反复地确认，确认那些话的真伪，确认时间的经过，确认爱情的期限。

于是这些“狼来了”的故事说了太多遍，就连小孩子也失去了聆听故事的新鲜感，于是观众逐渐离席，慢慢地变成一个人的独角戏，直到他转身离去，说：“好吧，我走，你那么想要我走的话，那么我走。”最终居然只剩下我一个人伫立于舞台的中央，茫然地望着自己写好的台本哭泣。

我以为他会留下来。

以为他会不舍。

以为他会难过。

以为他会被我折磨得遍体鳞伤，像他对我做过的那样。

以为他会不忍心失去我，像我不舍得失去他那样。

以为被伤害的深度等于在乎的强度。

可是显然，并没有。

那些过往的伤痕在心里割成一段一段的缺口，因为那些失去的痛楚会掀开心脏的皮肉，之后每一次的疼痛就让我们在心上再多拴上一把锁。这样，下一个人出现的时候，需要花更多的努力、更多的时间、更大的力气，才可以走进心里面，这就是我们，这就是爱情。

所以，我总是对他说，你懂个屁。而的确，我们总是看见一个人的片面就会以为那是他的全部。

比如我的歇斯底里，他不知道那是因为我曾经失去了视之如命的人。

所以，我总是对他说，你懂个屁。

6

人们说，等到我们长大了就会开始学会释怀，发现原来失去并没什么。我其实一直都好想反驳，我们会学会接受失去，但我们从来不会习惯失去，因为失去这回事，是无论经历几次，都还是会痛得喘不过气来。

我也好想说，这些年来，我为了不再失去些什么，终于失去了自己，你知道吗。

当你见过溅落的海市蜃楼，当你去过衰毁的沧海桑田，当你走过湍急的惊涛骇浪，当你遇过殆尽的颓垣败瓦，当你曾在那里深深地沉溺、坠落、纠缠、腐朽，当你终于看透了这些槁木死灰，也看开了所有万花落尽，所有张狂的风景，所有让你疯狂的回忆，所有曾经使你作茧自缚的理由，都变成了稀稀落落的过往，你也终究有一天会无可避免地遗忘，你还是要带着微笑走进那熙攘的人群中，你始终还是要和不同的人相遇和错过。你经历了那么多切肤的疼痛，始终没有什么人愿意逗留在身边，于是终于在一切时过境迁以后，你习惯了一个人走。其实我们都是这样的，因为经历了很多，所以后来选择收拾好回忆去流浪。你说你不怕相遇，你害怕的是失去。

7

有一阵子，我以为自己开始睡得好，开始不再刻意记起那些事

情了，我也开始以为沼泽渐渐不再浓稠，它被灌进了好多时间去稀释它的黏度，我有一刻差点就忘记自己曾经是掉进去的人，后来却在隔岸观火，看着镜子堕落。

于是在意识混浊的时候，我想起了很多人和事，我想起了他，好久没有出现在我脑子里的他。我说不清楚自己为什么会想起来。好多年过去了，我仍然没办法忘记我们那时堆积的遗憾，好像在那个时间里必须留有些什么遗憾才能成就这些岁月。好像是在那个时候开始的，爆发的压抑感，涌起汹汹的厌恶，他们说“你啊，是个在爱里长大的孩子啊，好像从那个时候开始，当有了第一次的忍耐，就再也没了诉说的资格了”。于是就只能那样下去。你以为事情会过去的，其实不会。它会在那里，不慌不忙地侵蚀你，直到有一天你的心被虫蛀烂，变得腐朽。你不再喜欢那样的自己，因为从很久以前，你就失去了完整的可能。好多事情开始粉碎，就像崩裂的冰山一角，到后来整个冰川的瓦解，其实不过是时间的问题。

我想了那么多，想起了爸妈，想起了他们碎裂的一生，延伸出碎裂的我；我想起他们对我的笑，对我的好；我想起他们有时候叹息自己老了；我想起他们抱着我痛哭的样子；我想起我在他们面前永远都是冷漠的表情，像个置身事外的人。我想起了这些，想起了“家”这个字。我想到这里，忽然间觉得一切都好脆弱。我曾经说过我再也不会为他们掉半滴眼泪。最后，也当然没有人发现我说的是个谎言，因为没有人在意了。

我想起了她们，一个一个曾经在我生活中是我视之如命的人

啊，我看着她们一个个离开，奔向不同的地方。我有时候看着她们，都会误以为我们要去的地方是一样的。可是我望着她们的背影，望着她们迈开脚步，我望着连接我们之间的线越扯越远，我望着她们逐渐走出我的世界。那个时候我也终于明白，我们生来都是孤独的人，谁都没资格去埋怨谁的离去。因为相遇已经是最好的情节，只是后来最好的时光过去了，我们不得已告别，所以我还是会感谢，因为至少她们也陪伴着我走了一段很长的路。只是后来我们都离开那些我们视之如命的曾经。我跟自己说，往前走吧，因为走不回去了。

后来，我想起你们总是说我有一道围墙，谁也进不去，你们说我太远了，即使一起走了那么久，仍然离得太远了，所以没有一个人能看见那些散落的心事。我知道你们说的话，我跟你们说我就是这个样子。因为是这个样子所以我在很久以前就预演了离别，我知道提早失望总比突然失望来得好。我不再和谁诉说未来与梦想，因为那些都太遥远了，连我自己都不再相信那些期盼会成真。我说我早就准备好了所有的孤独，等离别来到的时候独自上路。那个终点是一座荒岛，一个没有快乐也没有花朵的地方，没有四季也没有你。

最后我想起了你，想起你说的话，好多好多，一度让我认为世界开始慢慢地变得美好，伤痕在渐渐地隐去。我不再满身是刺，我立意要当个温柔的人，我不再唾弃这个世界，我开始憧憬爱情，它不再是世界给我的那副肮脏而残酷的模样。我有了好多美好的想象，我以为只要想象一些美好的事情，那些恶劣的事就会消失，我以为只要看着

前方就不会被回忆拖累。可能真的是我还不够强大，没办法强大到像我想象中的那样，而我曾经那么努力去做一个我向往的人，终究还是一旦出现缝隙，所有努力就崩塌成堆。我想你不会知道我对自己有多失望，就像我从未真正地看得起自己，从未觉得所有幸福都值得降临在我身上。

太矫情了，矫情得有时候连我都对自己不屑一顾。世界仍然是那个样子没有变，只是我还在停滞不前。我还留在旧的躯壳里面，我还不想去面对这个明亮的世界，我还没办法好好地睡一觉。我还是觉得一切糟透了，尽管没有人感同身受。你们说的，我其实都知道的，别再叫我不要悲伤了，说得好像悲不悲伤我自己可以决定似的，我已经不这么难过了，因为我懂得难过也还是要过，这就叫作生活。

8

我想你不会知道我对自己有多失望。

许多时候，我都这样委屈着自己，直到失去身边的人，才会幸灾乐祸地对自己说一声:“看吧，你活该。”

或许真的是活该，我才会终究还是一个人。

你知不知道恶性循环是永远不会找到突破的出口的？因为无论是往前走，还是往回走，结局都是回到原点。像那些失去一样。

9

或许是我从来没有诉说，所以你才不懂吧。可是正是因为你不懂，所以我不想说了。那个时候我总是这样想，我想把我的所有心事说给那个会懂我的人听，所以我总是说“算了”，因为我发现原来那个人不懂。然而啊，有些事，当不是你自己用心去懂得，而是听过我说了才懂，就再也没有意义了。

就像是，其实我相信你，而你不懂，我就再也不想和你说那一句“其实我真的相信你会爱我很久”。

也就像是，其实我偶尔很想你，可是你不懂，我就不想要诉说那些柔柔软软的心事了。所以我想，我们都不怎么说出口的原因，大概都觉得对方不会懂得吧，而因为对方不懂，所以连想要说服的冲动也都没有了。因为好多事，我们说不出口的啊。

还有一件事，其实我挺喜欢你的——如果当初你没有走的话。

只是你没懂得，我的逞强和伪装。

10

如果我们都可以学会不要用伤害对方来寻找温暖就好了。

「有些情绪是经不起等待的。」

1

天下起雨了。

灰蒙蒙的天色暗下来，广阔的天空笼罩着整个模糊的世界，每一下的雨滴都掷地有声，轰然扯开了世界上所有其他的声响，只剩下雨水溅落的声音，像是眼泪掉落在心头上，那么重，那么重。

周遭的湿气蔓延开来，昏暗的大地像是世界末日，逃不开的天昏地暗像是要把整个城都拉到沼泽深处，而人们在其中，蠕蠕而行，浸满了悲伤。

我在等一把伞，或是在等那个给我送伞的人。

2

会有这样的时刻，没由来地想要去一个地方。

有一次在下班之后，我和好朋友说想要去书店逛逛。可是那时已经很晚，能想到附近所有的书店几乎都要关门了，我觉得非常的气馁。

其实也并不是有多想去看书，只是在那一刻，极度渴望一件事情的发生，已经跟那件事情的本身没有任何关系，那是心里的一种渴望，渴望某一些情绪或是情感得到满足。而当时那一刻，我极度地想闻到书的味道，想要被书包围。

然后朋友找了好久，终于找到一家深夜书店。在我们骑着脚踏车去那里的路上，我感到了前所未有的愉悦，有种得到安慰的感觉。

其实也不是多开心，也没有一定要去的理由，明天也可以，不是非得今天一定要去。但是明天去的话，我可能就得不到那么大的满足了。

因为想要的瞬间，跟需要的瞬间，刚好被填满了。

3

于是，我又割破了回忆这块保鲜膜的封口。

我想我永远会记得盛夏的那一天，七月的阳光犀利地照在大地上，还会反射出刺眼的光芒，热气飞腾的下午，我们约好了一起看电影。

应该是非常美好的事啊，可以想象到，十五岁的少男少女，牵着手的画面都已经足够温暖整段荒凉的岁月，足够在日后的余生里想起来时会心一笑，足够让人像是看一部心爱的电影般不断地回放，回放当时所有细腻的情节，回放一整段张狂的青春。

可是没有。这个场景被我搁放在不见光的盒子里，久久封尘在一个潮湿的地方，不忍揭开。如今想起当初在他门外等待了三个小时之后，接到他的电话，他喘着气说："我刚刚在打篮球，忘记了和你约好去看电影，我现在马上就来。"

该怎么用文字去形容当时急切的心情呢？

应该要回答"好"还是"不好"呢？

好像再也没有什么办法去拾回我丢失了的三个小时的时间，无论最后他有没有来，我们有没有去看电影，好像都再弥补不了那些我等待着他的时间了。

我和他说："别来了，我回家了。"

可能是自尊心在作祟，不想承认自己的脆弱吧。

或是另一种更悲哀的想法——不想他为难吧，不想他为此而难过吧。

直到后来我才知道，原来他的妈妈看到我在等他，于是和他说了我等他三个小时这件事。他哭着对我说对不起，为什么不在当时就和他说这件事呢。

我回答他："因为已经迟了，当时你来了，可我也不再想去看电影了。"

4

如果此时此刻，我说我很想你，你会不会不顾一切地来到我的身边？

5

在很久以后，我才能这样慢慢地梳理从前的自己。

无数个被悲伤酸蚀的夜晚里，身体中的灵魂像是一点一点死去，慢慢地失去自己，慢慢地放弃求救，每天晚上在同一个黑洞里打滚、翻腾，被吸干生命里所有的力量，渐渐地失去了光明，只剩下排山倒海的黑暗，无休止地在我的世界里恶性循环。

那个时候，我写了一封信给他：

> 我忽然想起，很多人都问我为什么不喜欢 S，却还要选择和他在一起呢？我想起你也曾经这么问过我，可是我从来没有说过原因。

你知道吗？那是因为在去年一个天寒地冻的晚上，我同样难过得差不多要死掉了。那一天晚上很冷，我半夜零点从自习室走出来，路上没有几个人，我看见那些横飞四散的车子，我能想象自己躺在路中间流着鲜血的样子，忽然不太明白生存的意义。

可是啊，当我在回去的路上看见他站在宿舍的门口，什么话都没有说就把我抱进怀里，刚好是我非常想要他出现的时刻，他就那么活生生地站在我的面前。我到现在还记得那个拥抱有多炽热，几乎可以灼烫我的生命。

我跟自己说，其实爱与不爱也许没那么重要吧，至少他在我最需要的时候出现了，在足以腐蚀我的夜晚，他义无反顾地出现了。

最近每一个几乎快撑不下去的夜晚里，我都在想，如果你能够出现就好了，哪怕就五分钟，哪怕就只是出现，存在着，什么都不用做，就够了。后来我想了想，好像我最需要你的时候你都不在这里。

或许我知道你根本不会来吧。

你讨厌在很冷的时候出门，可我偏偏总是在最冷的时候想要你来。

写信的时候我哭了一整个晚上，自己流泪，又自己擦干。

那个时候我觉得自己像个傻瓜一样，总是在深海里等着被救，等着等着，我就学会了自己救自己。后来他来了，可是我不需要了。

6

突然发现，那个你不懂的我，后来再也不需要你懂了。

对吧？

7

常常有这样的一瞬间，突然非常想要吃些什么，或是非常想要去一个地方。如果没有如愿，当下的失望将会是平常的好几倍，而当那种热情燃烧完过后，就再也不会重拾当时的心情了。

就像非常渴望想要见到一个人，想要迫不及待地跟他说说话，分享自己的喜悦或是委屈，想要将此时此刻的所有心情都倾诉于他，或许当时他正在忙吧，没有听到电话，没办法出现在你的面前，但当事后，他重新找回你的时候，你会发现，你心底里的激动和情感都被慢慢地磨灭殆尽了。于是你只会回复一句：“已经没事了。”“已经不重要了。”“已经过去了。”

已经。

已经回不去那个当下了，亲爱的。

8

直到有一天你不再找我。

直到有一天你找不到我。

直到有一天你会发现，我再也不需要你找回了。

9

后来我想，你错过的东西，并不是当时的某些事件，某个时段的巴士，某一场飘零的雨，或是正在上演的热卖电影，还是当红明星的演唱会，你错过的，其实是当时那个片刻的我，专属于那个当下、那个场景、那个模样的我。

你错过了那时的我，所以再也找不回当时那一个瞬间的我了。

那一段时间就这样混进了历史的洪流里面，我们再也没有办法倒转回那一段影带，再也没有办法改写一个更好的结局，再也没办法抓住如此急切地渴望你的我。

于是我们总是错过，总是这样犯着一些重复的过错。

就像是我的城市在沥沥淅淅地下着雨，你没有来给我送伞，我终于在荒芜又漫长的岁月里等到这一场雨停止，于是后来你带着雨伞来到我的面前，我却再也不需要了。

太迟了，太迟了亲爱的，所以我已经不再需要你给予的一切了，包括安慰，包括道歉，包括陪伴。

10

如果那个时候，你没有来，那么之后你就再也不用来了。

「我熬过了最深的孤独，
也不再期待谁的帮助。」

我曾经盼望过你的到来，我凝视着每一个敞开的窗口，期望看见你的身影。我曾经在夜里歇斯底里地等待，我曾经在疼痛不已的时候不断回头张望，也曾经站在回忆的路口舍不得离去。我曾经很脆弱，遇到问题就想要逃，也曾经碰上麻烦就想躲进某个温暖灼热的臂弯；我曾经伤心就噼里啪啦地流泪，也曾经很胆小很懦弱，一碰就碎得乱七八糟；我曾经无知又稚嫩，以为世界上美好的事很多，以为只要努力就会没有遗憾，以为只要付出就不会失去，也曾经相信世界有永恒，相信诺言是为了实现而存在。我从前不是你看见的那样，不是那么坚强，也不是那么倔强。你以为我有满腔的勇气，你以为我无坚不摧，你以为我强大到屹立不摇，你只是没有见过我柔软的样子，你没见过我蹲在街边哭得喘不过气来的样子，你没见过我努力忍着眼泪走进人群的样子，你没见过我忍气吞声地微笑着的狼狈表情。你没有见过那样的我，所以你总是说我好坚强。

你不知道我多努力才能撑起这一副云淡风轻的模样。那个时候，我都对自己说，我怎么敢倒下啊，我身后空无一人。后来我撑过了伤痛和悲苦，我经历了那些来自世界的压迫和磨炼，我不再脆弱不堪，也不再期待有谁会来替我挡下风和浪，终于慢慢地学会替自己撑起一片

天了。

我总是独自熬过所有难受与无奈，所以现在才不再会对谁满怀期待。

「好像有些事情一旦有了裂痕，
就不再有完整的可能。」

比如，我们。

我们好像就这样被分裂在两个断层的世界，看着那些裂缝渐渐地加深，听着碎裂的声音不断地蔓延开来。我们被断援在两个不同的世界里，好像不论往哪里走，都只会加深那些岌岌可危的脆土。我去不了你那边，只能那么急切地看着你，却好像永远都无法再像从前那样并肩下去。

我想要和你走，可是我却不断地远离你，或是看着你不断地远离我。我们开始朝相反的方向迈出第一步，好像就再也没办法回头。

我看我那么珍贵地捧在手心的玻璃球开始有了一条裂痕，好像任何一颗细碎的沙石都足以让它粉碎成灰。该怎么办？毕竟裂缝再怎么修补都是裂缝，碎片再怎么拼凑都只能是碎片，就像我们再也回不去从前。后来，我们都知道，回不去是因为我们都不在那里了。

春天到的时候，你别来了，我已经不在原地等你了。

「后来你会渐渐明了，
世界上没有感同身受这回事。」

1

“我想一定没有人知道你有多痛。”

2

逼仄的宿舍里只剩下从天花板下的小窗透进来的走廊里微弱的光，即使是微弱也能在黑暗里萌芽出光亮。然而就是这个样子，在黑暗里的一点端倪，渐渐地在神经末梢被放大，像是被刀子轻划了一个缺口，继而倾泻一地鲜红的血。从亮红而浑黑，浓稠稠的血结成块。在脑袋里爆开的是一幕幕混浊的场面，在皮下组织里肆虐，在神经线上均匀地跳动着，渐大渐小，渐远渐近，却实在地令那里轰然爆动。到最后是一闪一闪灰暗的光，仿佛走在一条狭长的走廊里，不停地，不停地，追赶着那在尽头出口处纤小如针孔般的光。

这样微小的光开始远离，一点一点地淡出生命，在脑海中反射出一圈又一圈的幻影，之后再慢慢地消失，像是烟花湮没在广阔的天空里，如此无声无息，如此彻头彻尾。然后是一片冥暗。然后是一片静谧。然后是一片死寂。经历一番跟自己的战争后终于睡了过去，而痛苦却始终在梦里延伸下去。

3

醒来的时候突然就想起了那个时候那么、那么、那么痛不可当的

自己。

“好想结束这一切，结束自己，结束所有有生命力的东西。”这是那年我在韩国的某个夜晚，崩溃地哭着写在日记里面的话。

后来回想起来，我也记不得当初那些日子是怎么熬过来的。没白天没黑夜的时间里，痛苦模糊了日夜的界限，比起纯净的白和混浊的黑，那更像是一抹深浅不一的泥泞般的灰色，世界仿佛失去了所有鲜艳的光彩，也分不清楚什么时候是醒着，或是什么时候睡着。我时常在想，梦和现实是不是真的有所区分，如果有的话，为什么梦那么张狂，而现实却像百火缭乱的荒原。

那个时候我写着：像是有万千条虫子在钻动脑细胞的感觉。像是激烈的心跳在太阳穴爆发的感觉。像是失去了与生俱来的生存的意志。

我也忘了，那是失眠的第几个晚上了，甚至无法再去准确地计算了，或许也不屑计算了，因为计算是用于纪念独特的东西，而那些荒废的夜晚、灼热的眼泪、久久不绝的悲伤，再也没有要去计算的意义了。

这些呼吸、这些生命力顽强的心跳又有什么用呢？所有、一切、全部又有什么用呢？我那个时候想着，如果就这样停止呼吸的话好像也不错吧，至少在这些幽深绝望的夜里面不用坐在床边无法自拔地流眼泪了吧。昨晚我又想起了这些稠糊糊的记忆，无法呼吸，像是走到了世界的尽头，于是往回看，却忘了怎么样走出这些粉碎生命的记忆了，放任自己淹埋在丑陋的、巨大的、滞重的土壤里。

4

在那些我无法入睡的时候，我经常想着要怎么伤害自己。那是一段很黑暗的时期，至少对那个时候的我来说是毫无意义且行尸走肉的。活了二十年的岁月里，失恋时也没有那样辛苦过，爸妈离婚时也没有那样难过过，就算我自己一个人生活遇到再大的难题时也没有那样绝望过。那是失眠第九天的深夜，我看着镜子里布满血丝的双眼，已经涩到眼泪不断地夺眶而出，我第一次觉得可能死去也是一个不错的选择。不知道一个人到底有多痛才会选择死，可是我当下的感受是，既然清醒着是一种那么可怕的事，那为什么还要活着。当然很快我就意识到这个想法有多恐怖。

那个时候，我的朋友发来的一条讯息意外地安慰了我。“我想一定没人知道你有多痛。”

止不住的眼泪从布满红丝的双眸落下，不是因为难过而哭，而是感叹生命竟活生生地解剖了当时如此脆弱的我。嗯，你们一定不懂，一定不会懂，我有多痛，有多难过，有多绝望。你们怎么会懂，怎么会懂，怎么懂得那一刻如此讨厌生存着的自己的我？于是听到朋友这样的一句话，我仿佛看到了在黑暗里仅存的被照亮的尘埃。

5

生活是一次漫长的失眠。唯有沉睡能解放迸裂的灵魂。

6

对啊。

你不是我，怎么知道我走过的路，以及受过的苦？

我已经不再相信感同身受这些话了。

我们每个人在岁月里都有不同的样子，走在一些纵横交叉的路里，受过一些不一样的伤，伤口的大小和深浅都不一样，血流滚落的速度并不相同，眼泪的碱度和烫度都不一样，身体感受的痛感快慢都相异，日子崩颓的角度不一样，被世界溶解的模样都不尽相同，所以你不是我，你怎么知道我的痛？

怎么知道我的悲伤来自何方？

怎么知道我为了面对那些巨大的悲伤花了多少力气？

怎么知道那些睡不着的夜晚里我如何歇斯底里地流浪？

怎么知道我有多努力才能那么云淡风轻地站在人们的面前？

后来我再也不相信那些感同身受的话了。毕竟世界上没有一种悲伤是雷同的。

7

一定会有些你忍不住想要逃离出生命的时刻，一定有的。那个时候大概像是置身在海洋最深处最深处的地方吧，无处可逃，像是溺水一样，总是想要抓住些什么。然而你会发现你甚至连伸出手的力量

也没有，你在那个无人的海域里，只能任由自己掉落进比海更深的地方去。

一定会有的，这样的日子，发了霉一样坏掉了的日子。可是没关系，那就暂时离开这个世界啊，离开固有的东西，离开这些颓圮的废墟，离开伤裂的自己，形同死者般地躺着。

如果仅仅活着都会那么痛苦，那为什么会没有理由，我们为什么总在痛苦的时候问为什么，却不会在快乐的时候问为什么，为什么呢？其实一切都会有理由的。如果黑暗有理由，那么光明也会有理由的。总有一天都会有答案的吧，只是要花多长的时间才可以找到答案，我们从来不知道。

8

曾经多么想要别人理解我，可是最后却发现或许我们真正想要的是别人的理解不了。

怎么说呢，谁又能亲身地体会到谁的痛苦和绝望？我的痛对你而言不过皮毛，而你的痛对我而言也只是尘埃。一种痛的重量只会在自己身上凝聚，无论过了多么漫长的时间，也不会有人懂得，当时的你如此疾厉锐痛过。

就像我们从来也不懂，一颗流星的坠落，也并非它愿意。

9

你不懂我，我不怪你。

我想我也不太明白你的痛是什么，正如你也不知道我有多痛，所以我已经不再想要谁的理解了，只要慢慢地去明白——

我们都是不一样的人，有着不尽相同的伤痕。

「好像有了在乎的东西，
就得先做好失去它的准备。」

从此身体里面有一部分再也不受自己的控制，它不属于我了，它变成是你的，随时随地都有让我疼痛的能力，仿佛我越是执着，越是挣扎，越是陷得深，就越快掉进这个洞里。你一点一点吞噬我的身体和意志，明明是自己的心，可是它总是不受制于我，怎么会呢，怎么会呢？你踏进了那个危险的区域，走的时候，就连同我喜欢你的部分一并带走。那个时候我不知道，好像有了在乎的东西，就得先做好失去它的准备。可是我从来没有想过会失去你，所以现在才看起来那么狼狈。也可能是从没想过会失去你，所以才会如此之痛吧。

「就像不是所有的人
都适合与人结伴同行。」

其实也不是非得和谁在一起呢。

她想，可能人都是这样的吧。无论在多么恶劣的环境下都可以适应、生存，然后长久地、孤独地、倔强地活在地球上，以几亿年的量词去衡量痛楚，以及那些被割破了又愈合，愈合了又被割破，不断被翻新、被烙印、被反复清晰着的伤痕。只是可能都不会好了。可能再也不会好了，一辈子只能不断累增的痛感。

——《离岸》

其实人啊，有一种最基本的动物本能——无论在多么恶劣的环境下都会拼命地找到适合自己生存的方式。起初会很痛很痛，到后来就会渐渐地与痛感取得平衡，身体渐渐地适应那样的痛度，慢慢地、慢慢地感觉不痛不痒，然后活下去。所以你其实也不是非得要和谁在一起的，只是这场陪伴太过长久了，长久到你甚至忘了其实本来我们都是孤独的，本来就没有谁一定要留在你的身边，本来就没有什么理所当然的陪伴。你要乖，你要习惯失去，你要懂得，即使失去了也不能怪责谁。就像有些人适合被爱，有些人适合被伤害。

也许真的不是每个人都适合与人结伴同行，也不是每个人都适合爱这个字。

我们都是孤独的人啊，对吧？

「爱和痛苦很多时候
都是等量的。」

曾经无知地认为爱里只有一些美好的模样，像是用慢镜头放大幸福时的表情，恰似那眼角的皱褶，应该是满足的、快乐的、喜悦的、悸动的模样，如同梦想中那个有海、有天空、有花朵的草原。一切都太美好了，美好得甚至有时候不敢伸手去触碰它。因为太美好了，还经常地问自己：

——这样是可以的吗？

——那么幸福是可以的吗？

——我真的那么值得吗？

直到那片草原被狂风吹毁，被豪雨怒打，那些灿然的花儿一夜之间被连根拔起，海洋卷起如此惊涛骇浪，大地开始龟裂，裂成斑驳不堪的样子，天空不再湛蓝，被阴暗毅然夺去色彩，爱是如此横扫而过，摧城掠地，丝毫不剩。

我离散在迸裂的土石之中，前无去路，仿佛被困在那些碎了的板块里面，泥足深陷，无法自拔，终究是太爱了，如此困境才无法轻易地逃离。

我才知道爱里不只是美好的东西，可能更多的是猜疑、不安、背叛、失落、辜负、错过、委屈、离别、谎言、误会、失望、不甘，这些在生命中不断重复地上演。

仿佛是天平的两端，在一边放了多少爱，另一边就会产生多少痛苦，这样才会保持平衡，以至于这一切不

会崩塌。

有时候我不禁在想，是不是只要去爱，就一定得承受相对的痛。

是不是太爱，有一天失去的时候就会转换成太恨？

是不是花了多长的时间去爱，就得花多长的时间去释怀？

原来在爱里头，痛苦始终占据着一个很深刻的位置。

「你总是做什么事
都陷得太深太深。」

你总是那个样子，

喜欢一首歌就整天单曲循环，

喜欢一本书就熬夜阅读，

喜欢一个人就深深沉溺。

你甘愿掉进那些深渊里面，

你甘愿为了爱而燃烧自己，

你甘愿为了这些没了自己。

你总是太爱，

太奋不顾身，

太不懂得抽离。

「曾经我们穷极一生
说过一辈子只爱一个人。」

「只可惜你我之间
人来人往。」

我曾经拼了命地想要走向你。

我曾经以为只要努力就可以去到你的身边，只要努力就可以走在你的身旁，只要非常努力就可以与你并肩同行。

我想要一直守护着你，给你最温暖又最卑微的陪伴。那个时候的我什么都没有，我看着那样闪闪发光的你，多么想要堂堂正正地走在你的身旁。我和你隔了千山万水，我怕会错过你，我知道用走的速度一定追不上你，所以我拼了命地跑啊跑，踩过满布荆棘的路径，走过丛林蔓藤的荒乱，经过寸草不生的荒芜，遇过杳无生息的沼泽，我伤痕累累地望着你的背影，一刻不停地赶路。那个时候，我一直都以为，只要努力就可以追得上你，只要足够深情就能走到你的身边。

于是，在无数个夜里，我独自撑过、临近崩溃，我熬过最煎熬痛苦的绵绵思念，我走过万籁俱寂的荆棘丛林，忍受世界抛来的冷嘲热讽，在四下无人之境蹒跚而行，不过是想要变得更加强大，强大到有一天我可以替你遮风挡雨，强大到不怕世界抛来的伤害，强大到可以为你撑起一片天。

我花了那么多的力气终于变得更加强大，终于学会坚强不屈，终于无坚不摧，积攒了荏苒岁月的温柔想要深拥你。“你等等我啊！”我不断地在你身后嘶吼。

可是你离我太远了，太远了，远到你根本无法听见我撕心裂肺的呐喊，你听不到我的急切，你看不到我的心碎，你不知道我的疼痛，你不知道我花光了所有的力气只为了走到你的身边，我所有的努力只为了给你一个更美好的自己。我望着你离去，我就要失去你了，我正在高空中狠狠地坠落，我终于看见你离去的背景渐渐缩小，终于在那些光影的切换之中消失在我的眼角，我终于看着你消失在我的世界里。我终于到了那时你站立的远方，可是我忘了我在走的同时你也在走，我们用相同的速度往未来前行，我以为你在那里，我去到了那里，你却到了更遥远的地方。

只可惜时间自始恒久运转。只可惜你我之间人来人往。只可惜这些你都不需要了。

我还记得那个时候啊，我让你等等我，那个时候我想，我以后跑回原地去捡回来吧。于是我又特意跑了好长的一段路回到原来的地方，结果你却走了，走了好远好远。你没有等我，你也不愿意等我，你已经不再是当时的模样，而我也没有力气再把你找回来了，再也回不来了。于是后来我才懂得有些东西，原来是捡不回来的。我一个人走了那么远的路，朝着你前进，可是我追不上

你，你的脚步太快了。于是我们渐行渐远。于是我终于失去了你。后来，我想那不如我就走回去吧。可是，因为望着你的背影过于专注，我忘了回去的路。然而我懂得，我自己也走不回去，我迷失在那个介于你我两个世界的缝隙里，我在那个塞外游离，却也没有一个人在乎了。

你是我到不了的远方。你也是我这辈子忘不了的伤。

「有时候，
我宁愿相信一切都有它的尽头。」

于是人们总是说，拥有的最后是失去的开始。这条路走了那么久，从新到旧，从陌生到熟悉，从牵手到分手，从相遇到错过，从完整到破碎，从两人的臭味相投到迫不得已的分道扬镳，从曾经的相逢恨晚到结束时的不如不见……我们走了那么久，终于走到这一步，我以为小心翼翼，就能够把这条路延长，就这样一直走下去。可是怎么会呢？时间就这样把我们划开，我们渐行渐远，终于在分岔的路口丢失了彼此，走散了这一条属于我们的路。我宁愿这样想，可能所有的事情都有它的开始和结束，像火的燃烧终会有它熄灭的一天，像雨总会停下来，像天不可能永远亮着，像烟火会有它坠落于天际的瞬间，像季节会更迭，于是我们像这样走失了，只是我没想到的，这次来得那么凶、那么急、那么迫不及待，于是我失去了你。

活到现在，才渐渐地发现所有的东西都好像有了一种期限。

「人活着就要随时准备好说再见。」

我们都要提早准备好告别，准备好失去。有时候世界是这样的，在时间的更迭里，谁都没办法阻止谁的离开，也没办法拒绝谁的到来。那么，也许我能做的就是提早预想好离别时的情景，你走的时候我会好好地和你说再见，假如有一天是我离开的话，我会用尽全力不让自己回头。我想我们都总有一天会和一些人说再见，或许是告别爱的人，或是爱自己的人，或许是告别某些地方，某个场景，或许是告别自己，告别世界。有时候，也许一个措手不及就在路上丢失了谁，所以先学会对失去释怀，可能就不会在失去的时候感到那么疼痛吧。

「念旧的人像个拾荒者。」

1

有一些人，在你巨大又浩瀚的旅程中悄悄地走进了你的生命里，谁也说不准，没有任何的端倪和预告，在恰好的时光里掉落，在恰好的路口经过，在茫茫人海里相遇。他们会陪你走一段或长或短、或快或慢的路途，在彼此的故事里留下足迹，刻意地留下一些记忆的印记，好让你在余生的韶华里回忆、怀念和遗忘。就像他们没有预警地和你相遇一样，他们会陡然地晃出你的世界，他们有属于他们自己的旅程，他们也要赶着去生活，赶着去走一条更好的路，所以你们必须就这样分离，在分岔的路口含泪告别，分道扬镳，重新回到没有他们的人生，你们就此错过，以岁月为鉴，以记忆为凭。

2

你走了，我的时间仍然顿止在和你交错的那些时间里面。

三月星火，刚好是春暖花开的季节。你从远方缓缓地靠近，像是冬日的阳光从云朵间漏下来，洒了一地温柔的色调，温暖极了。那时刚好微风不燥，我听见你悄悄喊了我的名字。不知道为什么，每一次觉得难过的时候，我都会想起那画面，那样帅气的你，那样温柔地说喜欢我的神情，像是得到了全世界一样。

那是你来到我世界的那一天。

不多也不少，在刚刚好的时间里相交在彼此的生命里，环环相叠，没有多余的擦身而过，恰好是你和我，然后相遇。

这样普通的场景却在我的笔下被写过数十遍，太温暖了，温暖到后来每当有难过失落的片刻，想起那天你朝我走来的样子，我都会松一口气，像是有你在我背后轻轻地抚摩着，像是有你在身边陪我度过那些悲伤那样，如此锵铿有力，如此掷地有声。

记得有一次，下了好大的雨，你从绵绵密密的雨林里走来，手中拿着另一把雨伞，肩膀却被迎面的风雨淋湿了一大半，狼狈地朝我走过来，急促地喊着我的名字。当你站在我的面前时，你的头发还滴着雨水，你说："我怕你没有带伞，所以就赶着过来了。"我当时感动得说不出话来，并没有把背包中的雨伞拿出来用。

最记得爱运动的你从来都不喜欢看书，却总是愿意为了我，每天都陪我去图书馆的自习室。在我准备期中考快要崩溃的每个夜晚里，在我念书念到头昏脑涨无法思考的时候，我回过头来都能看到你凝视我的温柔目光。你会悄悄地把外套披在我的身上，轻轻地说："我能做的就是陪陪你。"你总是愿意虚度一些光阴在我身上。

还有一次，我要回家一个礼拜，走之前你陪我到附近散步。后来走到宿舍门口的时候，你紧紧地抱着我，很久很久都没有离开，我被你抱得喘不过气来，你说："我要把七天的份先用完。"然后一声不哼地抱着，直到最后，你把一张字条塞在我的口袋里，然后走了。那上面写着："希望你会像我想你一样想着我，希望你会像我爱你一样爱

着我。”

虽然后来你不知道，换成现在，那是我最想要和你说的话。

3

其实也并非要去怀念些什么。我一直这样告诉自己。

后来的日子一天一天地过去，而我好像除了纪念以外，再也不能做些什么了，除了回忆以外，也再也无法拥有得更多的美好。可是怎么办？我好像再也没办法找到你那个深情的模样了。我找遍了全世界的每一个角落，都没办法找到那样的你，所以我又走了好远好远的路，走进了回忆里面，等着谁的施舍，像个拾荒者一样，穷困潦倒，难过却又如此难舍。

4

我永远都记得你说的那句：“只是有时候回不到从前。”

后来我写过好几封信给你，诉说着我的不安、失望还有难过，把那些曾经的林林总总全部写进信里面，想要送到你的心里，试着唤醒一些你心里的记忆——那些我们一起经历的过往、浓稠的回忆，还有一些错落的碎片。

然而你说：“只是有时候回不到从前。”

原来，真的是那样，再多的明天，都无法拼凑出从前。

对，你说得对。原来我们再也回不到曾经的那些时刻，原来我们能做的就只有这样痛心地怀念，原来我们都长大了，都在岁月里变了个模样，一转身，我们都不再是当初的样子了。

5

如果晴朗的天空会渐黑，如果绵密的云朵会消散，如果翻腾的海浪会渐退，如果娇艳的花儿会衰败，如果葱绿的树叶会掉落，如果流风回雪的春天会老去，如果生命的意义在于不断地流动变换，一刻不停地顺着时间延伸，那还有什么是不会被磨砺的呢？

那是蝉儿低鸣的夏季，他牵着她的手，云淡风轻地低喃着，像是在诉说着什么无关痛痒的事情。他说："我好像没有那么喜欢你了。"

她曾经盼望的爱情其实很简单，不用多丰富的生活，也没有多大的理想，只要能凝望着他，这样什么也不做地看着他，他同时也会看着自己，然后两只小手拉在一起，沿着那条路一直走下去。她听着他说话，那一刻，她对爱这个字好失望啊。忽然觉得"不爱了"都不是最伤人的话，说什么"恨"也都不那么让人心碎了，原来最让人悲伤的是，眼睁睁地目睹一段感情的转变，从无到有，然后从有逐渐走到陌生，那些感情像是细沙那样从指缝中漏失，抓不回来了，抓不回来了，那些曾经滚烫又深刻的心跳，那个属于自己的他，也抓不回来了。所有的事情都变得习焉不察，都将成为回忆，而她那么悲伤、那么疼痛

的原因是自己原来无能为力啊。

后来，她才发现，她能做的唯一一件事是念旧。

6

你独自在那儿难过些什么啊？你那些捉摸不定的情绪他压根什么都不知道啊。都是捕风，都是捉影。你独自在那里自转着，总是忘了原来平行的直线是永远不会有交会的一天。你经历了所有的春夏秋冬，于是春来秋去，那里满满都是他的影子，他肆意出入你的世界，甚至像是粗粝的碎石偶尔还会割伤你的手，那是他给你的寒雾薄生，是他给你的锈痕斑斑，是他给你的纷繁错综。迟迟不变的季节里，他的世界却从未拥有一丁点儿你的身影。所以啊，他压根儿还是什么都不知道。你有多爱他，你有多想他，你有多难受，他根本什么都不知道啊傻瓜！你一个人演完所有剧本，可是主角如他却从未出席。

想念，原来是一个人的兵荒马乱。

7

最让人心疼的，永远都是最初的美好，以及最后的荒谬。

8

也并不是非要去怀念些什么。

只是偶尔回望那些渺渺的岁月，仍然会疼惜那么爱你的自己。

十二月下旬的夜晚，昏黄的路灯把我们的影子映得很长很长。夜很深了，人影稀少，甚至连我们缓缓行走的脚步都有隐隐回声。我静悄悄地和你并肩走着，以为这条路长得遥遥无期，真的，我曾经以为我们会把它越走越长。然而那条路的出口处，渐渐隐没了我们的身影。你不紧不慢地说了声："再见。"我没想到，原来你这句话的意思是，再也不见。

那一天是我们最后一次并肩，最后一次我挽着你的手，最后一次你属于我的日子。

我们终于走失了，在漫无边际的时间里。

只是我至今仍然记得你说再见时那温柔的表情，就像是当日说喜欢我时，那五月微风般的笑容，温柔得如此残忍，残忍得如此温柔。

你站在这条路的出口，终于还是舍得离我而去。起初我甚至不敢看你离开的背影，我以为、我以为你至少会踌躇犹豫，停下来看着我这副狼狈受伤的神情。我终于还是忍不住抬起头来，我站在原地盼望着未来，或是盼望你来，可是你却好像永远都不会再出现。我看着你的背影终于在我的眼前渐行渐远，直到在逆光的出口处，缩成针头一样小的黑点，终于让我完全看不见，终于在所有光和影的切换之中，

我亲眼目睹你走出了我的世界。终于，终——于——。你用了一个决绝的背影打碎了我所有的盼望和期待。你和他们都一样，背影都长得一模一样，没有情绪也没有不舍，那么悄无声息，那么静谧如夜，那么决绝如锋利的刃。后来我终于明白，原来要离开的人，是不会在乎有没有人挽留的，因为真正要走的人，不会停伫也不会回头，他们会选择在最风和日丽的日子，一旦要离开就已经做好了一辈子不再回来的打算。至少你是如此。至少你是如此。

9

失去他之后的那一年，好像全世界都在疯狂地讨论《那些年，我们一起追的女孩》这部电影。那是我第一次一个人去看一部电影，然后泪流满面。

我记得那首主题曲的歌词写道：

那些年错过的大雨
那些年错过的爱情
好想拥抱你　拥抱错过的勇气
曾经想征服全世界
到最后回首才发现
这世界滴滴点点全部都是你

最终的场景就停留在高中毕业谢师宴上和你最后的合照上。

你说:“你要好好的。”

我说:“你也是。”

用尽全身的力量撑起一个从容的笑容，和你道别后，我知道，我们真的不会再见了。

回头才发现，原来我的青春里满满的都是你的身影，继而不辨朝夕频繁地出现在我往后的人生里。

我爱了你三年，但那段记忆却好像比一生还长。

10

原来，我喜欢你，已经是那么久那么久的事了。

只是重新翻开记忆的时候，我还是会被那些关于你的一切所割伤，在那些伤口的深处，还有着岁月里辗转反侧的痕迹，不知道这次需要花多少时间去痊愈那些伤口，有新的也有旧的，深深浅浅，却从未隐去所有你的踪影。

原来我们始终没办法割舍的，不是失去了的他，而是那个如此奋不顾身的自己。

因为不会再有了，这样的义无反顾，再也不会有了，你知道吗?

那些回忆，美得再也回不去了。

11

原来，这些年来我一直放不下的，不是你，是那个如此义无反顾的自己。

「我却始终活在
有你的时间里。」

走过那个转角的时候，总会想起你低头吻我时那羞涩又言不由衷的表情。每一次送我回家的时候，你都会跟我吻别，你说那里是我们的秘密基地。

还有那个公园，每当我不开心想要躲起来的时候，你都会去那里陪我度过那些深沉的夜晚。

还有我爱的小吃店，每次一坐下你就会帮我点好我想吃的东西，我坐在你的身边就像个贪吃又快乐的小孩子。

还有习惯听你说早安，觉得一天就是从你的早安开始，又习惯听你说晚安，好像听到了就可以安心地睡去。

还有那条我们骑脚踏车一定会经过的河堤，那里有你清澈的笑声和我弯弯的笑眼。

还有你送我的鞋子，以及那些已经寄出或是尚未寄出的信件。

还有好多好多，日常生活里满满都是你的身影，像是森林里满布的香樟树，那是小鹿全部的世界，漫山遍野。

你可能不知道吧，你曾经就是我的全部啊！

从此，所有的生活里都有你的影子，和你走过的每个地方、你做过的事、你说过的话，都再也挥之不去，像是巨大的齿轮从生命中狠狠地碾过，留下一条太深太深的痕迹。这条痕迹硬生生地剥开我的心脏，一点一滴地腐蚀着它，无论荣枯迭替，或是花开叶落，以后漫长

的时间里，任谁来填补也无法填满那些缝隙。

我想回忆真的是太犀利、太尖锐也太深刻了吧，所以在你离开了以后，我才会感到那么的空洞，而我无能为力，无法将回忆磨成碎片，也无法将你从心里丢弃。

于是我不断地在时间里经历着我们的回忆。一个人坚持着从前两个人一起许下的诺言，一个人走完曾经并肩牵手走过的路，一个人聆听属于我们两个的歌曲，一个人把彼此共同的记忆存放好。

仍然能够感受到你的声音在耳边，掷地有声，久久不绝。

仍然能够感受到你温暖的双手，如此小心翼翼，如此轻柔款款。

仍然能够感受到你深拥我时那灼烫的温度，无可比拟。

一天又一天，我不断地问自己，要多久才可以再一次填满那些没有你的缝隙，忘掉所有关于你的回忆。

而你始终活在我的生命里，从不褪色，如此鲜明。

「于是所有的遗憾
都凝结成一个字，你。」

生活中其实总是充满着悲伤的隐喻，令人遗憾的事情太多太多了，很多时候已经分不清楚是因为失去得太多而感到痛苦，还是因为想要的太多而感到失落，已经分不清楚哪一些事让我更悲伤，让我更难过，让我更痛心。可是后来我回头一看，才发现许多的遗憾最后都只化作一个字，你。

「我只是偶尔想起，
也只是不曾忘记。」

1

所有的记忆都是过去。回忆就是那些回不去的记忆。仅仅只是过去了却再也回不去的那些让人眷恋的记忆。

2

就当作这是一个虚构的故事吧，不然我没办法写下去。

那是一个下着微微碎碎的雨的夜晚。我关掉了所有网络，戴上耳机一个人走在寒冷又幽暗的台北街道上。一月中旬，所有的事情都显得寥落沉缓。冬天像一只缓慢进入冬眠的野兽，把这个世界拖得很慢很慢。头顶上总是飘着浮肿的云块，它们集结在天边，聚成厚厚的一坨。山峦、海潮都悄然睡去。冷风四方八面地袭来，随着缝隙进入身体里。手心像是揉进了一大块冰，而它舍不得融化。我站在那里，不敢往前走，又不想往回看。那时，你什么都没说。因为你什么都没说，我的那些伤心和难过就变得如此微不足道。我以为，如果一个人足够在乎，就不会不闻不问。对啊，怎么可能不闻不问，对于那么在乎的人？我在日记上写着，说点什么啊，什么都好，让我知道我其实很重要。可是你真的舍得什么都不说，让沉默去分隔我们。也许其实我们都是那个样子，总是等待着对方先开口，总是在无数个日子里独自期待对方主动，总是以为自己的等待会让对方着急，总是想用这样的方式去衡量自己的重要性，也总是失望，总是得不到自己想要的答案。那个时候，人们说，先说出口的都是比较在乎的那一方。我默默地跟自己说，

我其实一点儿都不在乎。其实我知道人们说错了，那个一直不说的人才始终是最在乎的，因为那个人在等待着，默默地等待着。

于是，你不闻，我不问。

3

世界上也许没有所谓美好的记忆。你会回想那些美好的记忆，也许是因为你并不满意现在的自己，而把眷恋寄托在过去里面。回想起来感觉到的是美好吗？是幸福吗？是快乐吗？更多的是难受吧。每一次回忆过去，通常都会难过。为什么自己无法再次身处那些回忆之中？为什么回忆会变成回忆？为什么越美好的回忆越是令人痛心地记起？为什么，为什么会记住痛比记住爱更加真实？十万个为什么，回忆却从不曾回答。

或许是因为，活在回忆里的人，不再活在你的现实里。

4

他说："我记得你曾经是个很爱笑的女孩。"

曾经。这是好的回忆还是坏的回忆？

5

其实让事情走向结束的永远都与自尊心有关。终于你还是说了。终于我们在这个世界里走散了，在人潮拥挤的城市里失联，再也找不到彼此的身影，甚至连相爱的痕迹都变得模糊，终于走回了各自的时空里。

其实我们都知道这个世界大得像海一样，不是每一条鱼都游向同一个方向，而即便在浩瀚无垠的深海里能幸运相遇，也未必能够相约一同徜徉一生。

那个时候我记得我和你说了三次：“我愿意陪你走很苦的路，也愿意笑着送你走。”

你说：“有些路只能自己去走。”

我说：“好。”

我笑着目送你离开我的世界，没有任何怨言。我们仿佛有默契地说好了从此消失在彼此的世界里，再也不见。像是失去弹性的线不再互相拉扯，它在我们渐行渐远的身影之间失去了绷紧的属性，轻易地因为距离的遥远而断裂。我们都知道当火柴烧到最后只剩下灰烬，也知道有些爱走到尽头就是结束。

所以我们都没有说，也都没有错。

你选择走，而我也没有逗留。我们用各自的方式向未来前进，以各自的步伐走进了不同的森林或大海里。我们没有回头，于是我们错过。我没有等待，我知道你不会来。

我只能对自己说，没关系。

真的，没关系。

6

其实回忆不可靠，但它最后会变成执着的经验。像是知道那个地方有荆棘，这次经历了，下一次再去一定会避开那个地方。像是第一次知道蔷薇是带刺的，第二次就不再只为了见它在手中盛开而奋不顾身。像是知道了火是炽热的，它只能用来取暖，但不能亲近地拥抱它。像是受了伤的位置，便不舍得让它再次流血。

看吧，记忆还是有它的用处的，避免疼痛的作用。用痛来抵挡更痛的可能。这就是回忆。

7

走在记忆的前端，偶尔回头俯望，是座摇摇欲坠的海市蜃楼。你企图回到那美好的迷雾之中，却发现那只是你现实生活的虚无倒影，像是脆弱的沙塔，你站在它面前，想要伸手抓住它，然后它就崩塌了，无从拾获的碎片，散尽在那些时间的缝隙里。于是我早已经习惯，你以当年那副温柔又美好的模样，频频用回忆的名义进入我现实的生活里。很多年后，你仍然是最初的模样。很多年后，我却已经不再是当时的我了。仿佛有一个咒语，把我们的样子封印在回忆里。

一直，一直，在那里。

8

再次回到那个没有你的自己我渐渐地不再那么执着，也不再那么期待。有一段时间，你的脸总是浮现在我的脑海里，难以轻易地将你擦去。我知道那叫作想念。挥之不去的感触，在走过某个路口或是某个地方的某个位置时，都会和那些曾经重叠在一起，让我有那么一瞬间误以为可以回得去。可是怎么回去呢。那只是片面的回忆，那些片面的回忆只存活在过去里。那些回忆在脑海里不断地被翻新，不断地被重洗，经过时间的反复煎熬，终于你和我的故事在回忆里猖狂着，而我和我的释怀向未来延伸着。

以前我想念你，后来我想起你，你却不再是我想念的理由了。

于是我不再想念你，只是想起你，仅此而已。

后来偶尔会传来你的消息。我不怎么感兴趣，像是看见报纸上的某件新闻那样，看看就罢，只是知道了这个世界在发生些什么事。我知道你过得很好，我不会再打扰你。

这样各自安好，便好。

9

你会发现，记忆其实是世界浓缩成的蜘蛛网。

有时候没有结局，就是结局。

10

记忆之所以存在是为了印证过去的自己如何生动地活着，让往后的自己偶尔想起，让自己不忘记那些关于爱与痛的感知。不再痛了。不会痛了。不想痛了。不该痛了。在那些反反复复思索记忆、沉溺其中的日子里，我用这种方式记住你很久很久，久到我想起你的时候不再像当时那样，有种痛不可当的悲伤。它终于变成了经历，而不再是回忆了。

或许经历是回忆的延伸吧。这样想是不是就没有那么痛了？

我只是偶尔会想起，也只是从不曾忘记。

「只是迟来的珍惜永远给不了当初失去的那个人。」

「我们要适应那些
形形色色的寂寞，
包括你不属于我。」

原来我们每个人都是个体，都不能完全把自己的世界建立在某个人的身上，不能只为他牵动所有的阴晴圆缺，也不能只以那个人为依靠。我们要懂得，许多路都必须要自己去走。要感谢那些相遇的时光，感谢那些切时的陪伴，而不是占据着某个人的世界。我们都要适应寂寞，要懂得你并不属于我。爱情或友情都不是生命的全部，因为我们终究会有自己的世界，而有时候比起陪伴，更温柔的是祝福。

「只是慢热的人总是过于情深。」

慢热的人不太容易热情起来，做事思虑过多，犹豫不决，大多数的时候说话声调平缓，起伏不大，做事比较有原则。一般情况下，在短时间内突然高涨的爱意会让他们手足无措，甚至会怀疑别人是不是有什么特别的想法。慢热型的人通常是被动的，从不主动出击，即使遇见非常心仪的对象也不会直接表达爱意，而是从侧面接近，一点一滴让自己渗入对方的心。即使再喜欢，打死也不说，也不会从生活到工作事无巨细地给予关心。慢热型的人自我保护意识很强，总是默默的，好像在考验别人的耐力一样。

慢热的人是不是会错过许多?

她骨子里有一种自卑的负面情绪，所以从来不会主动去要求些什么，也因为她从来不喜欢站在人群的中间，从不想要对别人奢求些什么，所以在那些最脆弱的时间里，她大部分都是靠着自己的力量撑过去的，即使泪流满面，即使痛彻心扉，即使欲哭无泪，也从不会选择向别人求救。

于是渐渐地，她把自己围起来，在外层建起高高的墙，让人无法靠近，让人总是猜不透。直到有一天，她觉得那个人可以溶解所有坚硬的外壳以及那张虚伪的面具，可以许她一个未来，可以承载她的悲伤和痛楚，她

才缓缓地打开心上那久经锈蚀的心门，让那个人走进来。她从来不会向这个世界索求些什么，她只会慢慢地等待着，从春草萌芽到夏花盛开，从秋叶掉落到冬雪降临，她总是习惯等待，等待某一天那个人的到来。即便在那之前，在无数个绵绵飘雨的晚上都是自己一个人低头走着，在无数个寒冷的日子都是自己默默地抱紧自己，即便在所有临近崩溃的深夜也都是独自撑过。有些人会说这种人只是好强吧，或是逞强吧。然而你要知道，这些看上去那么坚强、那么屹立不倒的人，才是在感情里面最深情的那一个。

因为她永远慢了一拍。在他开始爱的时候，她不安。在他深爱的时候，她心动。在他离开的时候，她才深爱。直到最后，他好不容易让她相信，她终于不是一个人了，她终于可以不用自己背负一切了，她终于可以相信有个人愿意陪她看花开花落了，她终于深爱了，而他却不在了。她在一个转身之间失去了他。

其实我们都能够忍受寂寞，我们不能忍受的是失去。

知道为什么吗？我们其实一直一个人都没有关系，可以很孤独，也可以很寂寞，可以一个人走好多的路，即使路途遥远坎坷。那些其实都不算什么。我们可以习惯孤独的存在，可以学会和寂寞和平共处。然而没有一个人抵得住失去的冲击，也没有人能云淡风轻地等待那

些曾经拥有又迫不得已失去的东西或人。好比一个先天性失明的人其实不会觉得特别难过，因为他从来没有见过世界的万千色彩，他的世界就是漫天的黑暗，对于他来说黑暗也许不是黑暗，是他的全世界，是他的平静。然而，如果一个正常人突然看不见了，他会痛不欲生，因为他失去了这个绚烂的世界。于是那个时候，她对他说："你别来了，失去是很可怕的。"

于是为了避免这一切，她宁愿错过。

可能慢热的人真的会错过很多吧。你只是爱得很慢，因为爱得很慢很慢，所以爱得很深很深。像是血丝渗进皮肤细纹里，用慢动作放大各处血液的流动，这就是你的爱。

后来我终于懂得，原来深情比激情来得更加动人。

「悲伤的人
也许感受才是最深沉。」

「我知道你一定是过于在乎
才会如此的悲伤。」

你总是那个样子，受了委屈总是往心里放。你望着那个人的眼睛却什么话也说不出来。你以为忍一忍就过了。你太过于在乎，所以才说不出来。你不想要打破那么和谐的平衡，于是你总是忍让，总是对别人说没关系。

也许是害怕自己真正的想法被那个你在乎的人知道，害怕他知道你的委屈后会离你而去，你不想改变任何关系，你总是往坏的方面去想，你总是跟自己说没关系，再过一段时间吧，再给自己一点时间就会和他说吧。然后时间久了，伤痛就变得隐形和透明。

你终于觉得自己可以若无其事地说出口，却又发现那样就失去了诉说的意义，最终还是把所有心底的秘密留给自己。这样，下一次同样的事情再发生，那条本已透明的伤痕又会浮现，你又会那样疼痛着，如此恶性循环着。

你说，你太在乎了，所以才不说。

你说，这样是保护关系的一种方式。

你说，就算那些话没有说出口，大家也会好好的，那就没有诉说的必要。

你总是那么傻啊，总是选择把悲伤留给自己，你总是宁愿自己委屈，于是你总是受着好多委屈。

我知道你的温柔想要给在乎的人，所以从没想过要对自己温柔。我知道你有了很在乎的东西，心口上有一

部分被它们牵动着情绪。我知道你的悲伤很多，多到有时候会淹没你自己。有时候你问自己，这些漫无边际的悲伤从哪来，却自己也给不出一个像样的答案，他们说你得快乐点啊快乐点，却从未告诉你寻找快乐的方法。他们不知道你的悲伤来自何方，他们不曾了解你的伤痛，他们不知道你只是因为太在乎了，太在乎那些东西所以才越发悲伤。你在意这个世界，在意花落，在意今天的月亮看起来那么落寞，在意连续的雨天，在意天还不放晴，在意自己在喧嚣的人群里显得那么孤独，在意四周吵闹的声音，在意所有动听的承诺，在意爱的人怎么总是离自己那么远，在意离别和死去，在意活着的意义，在意每一次零碎的失去，在意期待的永远和现实有落差，在意见不到想念的人，在意陨落的梦想，在意爱，在意破碎，在意明天。我知道你只是太温柔、太在乎、太沉溺，所以才会那么悲伤。

所以，亲爱的没事的，因为有爱所以在乎，因为在乎所以悲伤，因为悲伤所以你才会知道，你的心还在。

「要有多孤独才能
把自己的悲伤藏得那么深那么深？」

1

有一个人和我说，也许说着“我可以”“没关系”的那些人并不是真的可以，也并不是真的没关系。我打断他的话说，我真的可以。

2

人们说男人的眼泪其实很珍贵，我直到十八岁那天才懂。

不能说这些年来看过够多的飘忽起落，但至少经历过苍茫肃杀的绝望，也经历过许多稀稀落落的离别，看过好多崩坏的诺言，温柔地看着许多人决绝地离开我的世界，拥有过分崩离析的家，还有一些杳无生息的日子。

我站在离港大堂，拥抱过爸爸之后转身离去。我知道他在忍着，很努力地忍着，那些湿濡的泪珠挂在有些皱褶的眼眶里，一直微微颤颤地凝动着。我甚至不敢回头去看他，我怕我一回头，两个人之间的最后一道防线就会瞬间瓦解，眼泪顿时决堤崩溃涌出。我缓缓地走，终于走远，终于我的背影消失在他的视线之中。那时我猛然回头，明知道什么都看不见了还是想要回头，眼泪就不自主地掉了下来，像是坏了的水龙头，我坐在候机大堂的椅子上，沉痛地大哭，哭得眼前模糊一片，哭得声音沙哑说不出一句话来，哭得登机的时候空服人员走过来问我还好吗？需要帮忙吗？那是我要飞去台北读书的那一天。我曾经狂妄地以为自己够强大，强大到再次目睹什么悲伤的分离也都不再会流眼泪了。爸爸经历过虐心的离婚，经历过彻底的失去，经历过

令人挫败的生意失败和破产，经历过痛不可抑的痛失至亲，经历过那些纷纷扰扰的他从来没有和我说过他的痛。在我心中，他从来都是这样无坚不摧，已经强大到什么东西也无法击溃他，就像是见过太多的痛苦，已经无法更加悲伤，已经习惯了这些伤痛。因为在岁月里面失去得太多太多，失去对于他来说就已经不再刺骨，也像是再也没什么可以失去似的，他就是这样强大到一个固执的程度。

然而，居然因为我的离去，他流下了那些已经风干许久的眼泪。

3

再说一个故事。我的生命中有一个特别的存在，我们之间少有言语，不甚交谈。可是彼此就是知道彼此的存在足够于温暖对方的宇宙。认识他三年后才知道他有一个姐姐，才开始知道那些关于他的事情。当他第一次和我诉说那些事情的时候，我用一种极其惊讶的语气说：“你怎么可能丝毫不跟别人提及自己的事情？怎、么、可、能！”

他是一个这样的人：总是在人群之中发着闪亮的光芒，做什么事都非常的优秀，很乐观，每当看见他都是在笑在吵在闹，到处都有他的朋友，当你想起他的时候就有一种温暖的感觉。可是居然没有一个人知道他曾经有过一个姐姐，也没有人知道原来他很疼爱他的姐姐。

我问他，那些层层斑驳的悲伤，你都放在哪里呢？

他说，心里。

4

要有多勇敢才能在爱的人面前流眼泪呢？

5

第二次看见我爸流泪是今年寒假。我终于受不了了，跟爸爸说我和男朋友分手了。我以为用极为云淡风轻的语气，就可以试着让那些失去变得很轻很轻，轻到我几乎可以不察觉那些悲伤的存在，让它们仅仅停留在心里的某个角落里，丝毫不触碰它们。我以为这样就可以好了。直到我淡淡地微笑着说："爸，我和他分手了。"他错愕地看着我，没有问为什么，也没有再说关于那个人的事情，什么都没有过问，只是淡淡地说："没关系，你受委屈就回来我这里，这些以后都会变得没有关系的。"他的眼泪就那样子掉了下来，毫无预警地簌簌流下。我爸说，他总是能想起我和初恋分开的时候我哭得死去活来的样子，他说他这一辈子经历过那么多的事情，没有一件让他那么那么地痛心，他说他就是见不得我受一点的委屈。我第一次觉得原来我爸是个那么柔软的人。

那一天，他和我说了好多他以前的故事。那些钝痛让我觉得我活了二十年的日子里所经历的根本比不上丝毫。可是我从来不知道他那么孤独，一直持续了那么多年，直到自己已经习惯与孤独形影不离。

持续了，千百个夜晚。持续了，一辈子。

6

“我想要给你全世界最好的东西，却发现原来世界上最好的东西就是你。”这句话是我爸说的。我听到之后哭了一整个夏天。

7

偶尔会收到来自旧时好友的讯息：“每每看着你写的文章我都觉得你变了好多。”我总是会笑着回答说：“其实我没有变。只是选择用另一种方式去消化。”比如那些刺刺扎扎的悲伤，比如一些纵横杂乱的思绪，比如那些疾厉锐疼的不堪，我都选择用安静的方式去处理，我静静地梳理它们、磨砺它们、凝冻它们、溃散它们、消化它们、崩解它们，用尽一切方式把它们埋得很深很深，深邃得有时候连自己都误以为那些东西并不存在于自己体内。可是其实自己一直知道它们还在。而这个世界里面也只有自己一个人知道，它们从来未曾消失，只是变成灵魂的一部分，长长久久地扎根。

8

你是不是这个样子，总是说着自己可以，也总是说着自己没关系？可是没有人懂得，你根本不是没关系，你只是习惯了，习惯了迫不得已要自己去承受那些孤独和伤痛。于是有了那些经验你以为自己变得好强大，强大到不需要任何人的到来，强大到所有悲伤都可以自己抹灭。

你一定是这样子，所以所有人都真的以为你可以，所以你就必须也只能真的可以。

9

“那些层层斑驳的悲伤，你都放在哪里呢？”

“心里。”

10

一个人要有多孤独，才可以把自己的悲伤埋藏得那么深呢？

要心疼那些人们啊！要很心疼很心疼那些在你面前显露自己的悲伤的人们。要知道他们真的很痛很痛才会在你面前泪流满面，也要知道他们鼓起了很大很大的勇气才敢把自己赤裸裸地展示在你的面前。

11

因为自己也是这么走过来的。对吧？

「用诉说悲伤的方式和对方相处，
是爱，也是依赖。」

我相信是这样的，快乐能让全世界看见，但难过只能让重要的人懂得。在我愿意向你倾诉我的伤心、难过、委屈、失落和疼痛的时候，请珍惜并心疼那样的我，因为我卸下所有锐利的刺，剩下一个千疮百孔的自己，赤裸裸地摆在你的面前，需要的只是你温柔地像是轻轻捧着易碎品那样，紧张疼惜地把这样什么都没有的我，拥入怀里。

我记得我和你说过，请你一辈子都不要忘记，你能看见一个人的悲伤，是因为那个人愿意给你看。

想一想，也许是真的，我们都用悲伤来依赖一个人，习惯让在乎的人治疗自己的悲伤。那些歇斯底里的难过其实是一种最深的依赖。如果哪一天那个人失去了治愈自己的能力，或是自己失去了跟那人分享悲伤的兴趣，倘若有一天我们能自我消化那些难过，那就说明，我们不再需要彼此了。不再需要对什么人诉说的时候，或许建立在两个人之间的依赖也被渐渐地磨蚀。

你不用承受我的痛了，我也不需要你来懂了。我开始可以处理自己的悲伤，我开始学会和悲伤和平共处。我学会坚强了，不是不再难过，而是有再多的难过都不需要你的安慰来抚平了，所以也就失去了诉说的必要了。

那么，你就走吧。

当初所有的没关系，渐渐地变成没有关系。

并不是因为我不再那么悲伤了，而是有一天我发现，我的难过依然很多，只是不再想要对你诉说。

「就当作所有的相遇和错过、拥有和失去都只是生命中的一个习题而已。」

「后来你渐渐会明了，
那些日子回不去都有它的道理。」

我们总是想要回到过去的某个时刻，回到当时的纯真烂漫。我们都觉得只要时间能够重拨回去就能懂得珍惜、懂得疼爱、懂得成长，只要可以回得去，一切就会像当时那样美好，比如青春，比如岁月，比如拥有，比如我和你。你不知道，那些日子回不去都有它的理由。像是那些曾经的美好教你学会珍惜，像是那些错误教你学会释怀，像是那些失去让你把每次相遇都捧在手心。有时候，正是因为回不去我们才特别怀念，也正是因为回不去，那些记忆才显得那么珍贵，那么美。正如没有什么能回得去，也没有什么是过不去的。

「我们都有悲伤的时候，
就像是快乐也从不需要理由。」

我们从来都没有想过，悲伤其实是一种与生俱来的能力，就像是我们能感受到快乐，感受到幸福一样。

也许就像是海吧，我始终相信，海有潮起潮落，人也有。

有那些相对的痛楚，就代表着有那些相对的快乐存在。

这个世界是这样子，存有善意与恶意，存有好与坏，生存与死亡，飞翔与坠落，白昼与黑夜。它们用自身的意义来解释彼此，像是拼图的缺口一样，完整了生命的意义。

所以，正在感受痛苦是因为我们真切地活着。

所以，就像是快乐不需要任何的理由，悲伤也是，痛苦也是，爱也是。

「原来我已经强大到
可以念念不忘了。」

你不懂啊。其实我并非要去怀念从前的自己，也不是持续浸没在回忆里；我没有频频回顾，也没有深陷其中，更不是难以忘怀。我已经变得强大了，不需要去遗忘那些过往，不需要靠忘却来复苏自己的心跳，也不需要用忘记这种方式去释怀。我可以不断想起也没关系，我可以遥遥回望也无所谓。那些曾经已经不再深刻地刺痛我了，也不再是我的软肋，不再是我疼痛的理由，终于。你知道吗？这不是脆弱，而是我已经强大到可以念念不忘了。

「请你善待自己的悲伤。」

1

有时候我在想，为什么一想到“快乐”这个词语就会让人觉得愉悦，而为什么一想到悲伤，我们都如此排斥，如此不屑一顾，总是把悲伤隔拒于千里之外。

2

到底悲伤是什么呢？

就像是在街衢的末端突然听到一首熟悉的歌曲，一次又一次带你回到那巨大而静止的回忆里面，所有记忆里模糊的场景又像是再次泡浸在显影液里一般渐渐地清晰起来。忽然你想起了他，后来只出现在你的记忆里却不再在你的生活里的他，在那么稍纵即逝的几秒钟重新回到你的身边。是滂沱大雨中的约定吗？还是每个深夜里的晚安？是清晨的呼喊吗？还是五月天里温柔的叮咛？曾经你觉得那些记忆都已经离你那么远了，却在听到歌曲的时候，一闭上眼睛，它们又重新回来了，那么近那么近。我想这就是悲伤吧。

就像是你寄予未来极大的期望，那里承载着你无数绚丽的梦想。你曾经想要飞到最渺远的地方去；想要和爱的人走到世界的尽头看桑榆晚景；想要开一间温暖的咖啡厅，那里充满你喜欢的咖啡香和猫。你说你想要当一个温柔的人，尽管世界从不善良。你那么多的盼望，到头来却换来那么多的失望，于是你再也无法相信，无法相信那些美好的事情。你回头望去，一路上的磕磕碰碰已经让你伤痕累累，你说你想

起那些，心里就会充塞着满满的悲伤，像是身处潮涨时汹涌的海水中那般无可逃脱。

就像你失去了你从未认为会失去的东西一样，你的心里的一部分慢慢地死去了。以你自己的能力，你难以把它从你心上割去，于是它就这样腐蚀着你，把你的心变成坑坑洞洞的。你再也无法修补那些伤洞了，似乎已和那些血肉融为一体，那些地方你甚至无法直视它。这些心事任谁轻轻一碰都觉得痛。这样的悲伤从你的心里倾盆而出，将你掩埋。在那个比海更深的地方，你连自救都无能为力。

就像是凌晨三点的夜晚，你被倾泻的大雨吵醒，却无法再入睡。你听着下雨的声音，如此绵绵不绝。世界仿佛像只受伤的兽在洞穴里缓缓地沉睡了，剩你一个人清醒着。苍穹中没有半颗星星，只有路灯微微地发出黄晕，窗外没有别的光，世界安静得很，静得你在房间里也只能听见雨声和自己微弱的呼吸声。因为空间感的巨大，你忽然觉得自己那么渺小，你开始把那些曾经从头到尾地细数一次。曲终人散的时候，你甚至没发现自己默默地掉了眼泪。你又想起前几天你走在人潮拥挤的街道里，感觉自己像是一颗错落的流星，突然不知道该往哪里去。那些格格不入的孤独，你想起了几次都觉得想哭。你说悲伤大概就是这样吧——不知道自己要去哪，不知道自己属于哪，不知道自己可以去哪。

这也是你的悲伤吗？

嘿，亲爱的，你的悲伤呢，你的悲伤又是什么样的？

原来世界是这样的，幸福的模样都雷同，但没有一种悲伤的模样是相同的形状。

3

我不断在想，自己是什么样子，是不是那个做什么事都可以，开心活泼开朗乐观的女孩。可是更多的时候，我鄙视自己，我觉得自己做得不够好，做得还不够好，还不够，或者压根儿不知道好的定义是什么，只是一味地要求自己不能软弱，不能悲伤，不能气馁，因为以后还有好长的路要走。于是这座危楼终于摇摇欲坠，终究还是崩塌成一盘散沙，瓦解成什么事情都再也做不到的自己。我在那个时候变成了自己最讨厌的样子，面目全非，明知道不可以这样颓圮下去，可是我没办法，我好不起来。我在很深很深，比海还要深的地方里潜游着，漫无目的，找不到出口。有时候又像是位于很高很高的空中悬浮着，随时随地就要坠落，像是风筝断线的时候飘向天空，飘向真正的那个脆弱不堪的自己。

于是悲伤一天一天在身体里扩张滋长，已强大到我再也无法负荷的程度。于是我好想逃离也好想放弃一切包括我自己。我开始睡不好也不怎么吃得下东西。我想我需要一些时间去好好面对自己，去找寻一些快乐。那一段时间我反复地问自己，活着的意义是什么，我竟说不出一个答案来，活着对于我来说突然变成一件好痛苦的事情。我不断地问自己为什么，我曾经是个多么乐观和温暖的女孩，为什么今天

会变成这个样子。我开始自责，开始讨厌自己，然后不断地在这个恶性循环里徘徊。我被关在一个房间里，那里没有出口也没有光，别人进不来，我也走不出去。我再也无法相信这个世界会好起来了。

这样的悲伤太多了，一直累积在心中，从没想过要去清除。于是久经年月之后，它们如此铺天盖地地卷席而来，将所有花朵湮没。我不复重生，我渐渐窒息。

4

最记得辅导老师那天和我说的一句话："也许你本来就不是一个乐观的人，你只是习惯自己美好的样子，习惯自己在别人眼中是美好的。从今以后，你得接受自己悲伤，并且原谅自己的悲伤。"

5

如果这个世界上有光明，那为什么不能有黑暗？

如果月亮有完整的时候，那为什么它不能拥有缺口？

如果有阳光的炽热，那为什么不能有冰雪的寒冷？

如果所有的东西都有它相对应的事情，那为什么我们想到快乐的时候会觉得幸福，却把悲伤当作一个贬义词？

如果一切都有它存在的意义，那为什么不可以悲伤？为什么悲伤是不好的？为什么要去排斥？为什么就不能让它安然地存在于我们的

生命里？它只是我们与生俱来的情绪，我们又凭什么去讨厌它、推开它、抗拒它呢？

回头看看那些涣散而细碎的时光，有哪一次你允许过自己悲伤，默认过自己的悲伤，接受过自己的悲伤，放任过自己的悲伤呢？

原来这些年，我们从未真正地去善待过自己的悲伤。

6

时间就这么飞跃了一个年头，从来不会跟我们开玩笑。有时候还没来得及认真感受些什么，它就这样过去了，不会给你预告，也没有什么征兆，不会给你提示要往哪个方向去，它仅仅是过去了，这样措手不及地过去了。我一直在回想这一年来的种种事情，日子这样子过下来，慢慢地变成现在这个模样，无论自己喜欢还是讨厌，其实都在时间的堆积里有了端倪。所以我有时候不断地埋怨自己："你怎么会变成这个样子啊？"可是后来我渐渐地懂了，没有什么为什么的，每个样子都是你自己，你因为过去所有的经历而必须变成现在这个模样，所有的过去都印证着今日的自己，都是必经之路。

去年曾经有一段日子，我把自己关在自己隔裂出来的世界里。在那里面，除了那个破碎的自己以外，就什么都没有了。看不见尽头的黑暗还有悲伤，甚至说不出来那些荒诞的痛楚又是从哪里崩塌出来的呢？我只是呼吸着，就只是生存着，每分每秒都寸步难行，每个晚上需要用好多的力量去拉住自己不要往下坠落。我走在悬崖的边缘却无

法回头，持续了一整个季节，所有的感情对于那个时刻的我来说都是种难受的负担，然后越是这样，就越想要毁了自己，毁了那个在黑暗中消沉、满身疮痍的自己。

我想人们都是这样的：遇上悲伤、忧郁、失望、难过，都觉得那仿佛是置死的毒药，于是人们开始向往阳光，向往希望，向往美好，总是强求自己要那样子。当个优秀的人吧、当个快乐的人吧、当个美好的人吧，好像是咒语，紧紧地圈着人们。可是后来我想起辅导老师说的那句话："说不定你本来就是这样子。"于是我想了想，那好像是真的。在漫长的伪装下，你总是快乐，看不见自己的悲伤，所以它们累积起来，像是堆积了一整个冬季的雪，终究还是会因为太沉重而崩塌下来。

悲伤这回事其实是这样的：你要把它们拿出来，你要去正视它们，你要狠狠地面对它，它才有风干的一天，才会真正的过去，和所有过去一起过去。

如果可以，就把悲伤拿去晒一晒吧，它值得你去面对，值得你的安抚，值得你好好善待。

悲伤不是你的错，坠落也不是你的错。

就像世界上有高的人、有矮的人、有胖的人、有瘦的人，同时也有快乐的人，以及悲伤的人。我们从来不止一面，悲伤也不过是广袤情感世界中的一角而已。于是那些悲伤都有了它们的意义，那些遗憾都有了它们的意义，所有的失去也都有了它们存在于生命中的意义。

7

我终于知道，我可以当个悲伤的人也没关系。

因为对这样的人来说，像是七月流火的沙漠中那一滴通透的泉水一样快乐可贵。因为可贵，所以分外珍惜。